2,€

NIKLAS MAAK | LEANNE SHAPTON

Eine Frau und ein Mann

HANSER

1. Auflage 2023

ISBN 978-3-446-27276-7
© 2023 Carl Hanser Verlag GmbH & Co. KG, München
Umschlag: Peter-Andreas Hassiepen, München
Motiv: Leanne Shapton
Satz und Gestaltung: Stefanie Schelleis, München
Druck und Bindung: Friedrich Pustet, Regensburg
Printed in Germany

INHALT

Vorspann 7

ANNIE HALL:
Durch Manhattan 15

THE SHINING:
Going-to-the-Sun-Road, Montana 49

UN HOMME ET UNE FEMME:
Paris–Deauville 99

VIAGGIO IN ITALIA:
Rom–Neapel 137

CRASH:
Durch Toronto 191

Bildnachweis 223
Autor und Illustratorin 224

VORSPANN

Die Idee zu diesem Buch entstand in einem Sommer in New York. Genau genommen war es Leannes Idee. Leanne lebt in New York. Wir sind seit vielen Jahren befreundet; manchmal kommt sie nach Europa, um eine ihrer Ausstellungen zu eröffnen oder eines ihrer Bücher vorzustellen. Als sie für die Premiere von »Women in Clothes« in Deutschland war, fuhren wir mit dem Auto von Berlin nach München, Leanne saß auf dem Beifahrersitz und malte. Sie malt und zeichnet fast überall, wo sie kann; auf dieser Fahrt hatte sie ein ganzes Atelier auf dem Armaturenbrett aufgebaut – in den Cupholdern steckten Becher, in denen sie ihre Pinsel auswusch, im Seitenfach der Tür steckten Lappen, um die Farbe abzuwischen, und dort, wo im Notfall der Airbag herauskommen würde, hatte sie eine kleine Stadt aus Farbtöpfen aufgebaut. Die fertigen Aquarelle legte Leanne auf die Rückbank des Mietwagens, wo die frische Farbe das Papier hier und da verließ und in feinen Arabesken über die Ledersitze lief. Auf dieser Fahrt malte sie die herbstlichen deutschen Landschaften, die Städte, die hinter der Windschutzscheibe auftauchten, und die Windräder, die wie fuchtelnde Riesen am Seitenfenster vorbeiflogen, und sie malte die Schilder, auf denen die Namen der Ortschaften standen, die wie seltsame Tätigkeiten oder surreale Beschwörungsformeln oder medizinische Diagnosen klangen: Deutsch Bork. Großkugel. Köckern. Schwoitsch. Unterkaka.

Trotz. Triptis.

Manchmal verlief in einer Kurve die Farbe, manchmal ließ ein Schlagloch in der Fahrbahn den Pinsel ausrutschen oder wilde Kapriolen schlagen; was da auf dem Papier entstand, war auch eine Art Action Painting, ein gemaltes Protokoll, in dem das Tempo der Fahrt und die Straße ihre Spuren hinterließen.

Ein paar Jahre später trafen wir uns im August in New York, in einem Sommer, der selbst für New Yorker Verhältnisse ungewöhnlich schwül war. Wenn man auf das Thermometer schaute, das der Besitzer der kleinen Wohnung am Fenster angebracht hatte und das dort wie eine Warnung hing, ein kleines, unten blaues, oben rotes Ausrufezeichen, zeigte es schon am Vormittag 98 Grad Fahrenheit.

Die Klimaanlage brummte und tropfte und ächzte und wurde mit der Hitze nicht fertig, wenn man sie einschaltete, blies sie durch die verstaubten Lamellen einen Schwall halbwarmer Luft ins Zimmer, der nach altem Teppich und U-Bahn roch.

Draußen auf der Fifth Avenue war niemand zu sehen, nur hin und wieder ein Taxi, das jemanden mit vielen Tüten vor einem Hauseingang absetzte, oder ein Jogger, der sich mit verzerrtem Gesicht Richtung Central Park schleppte. Die Autos standen wie schlafende Tiere am Straßenrand, und die Blumen auf dem Mittelstreifen der Park Avenue, die im Mai noch grün gewesen waren und schwer und süß nach dem kommenden Sommer gerochen hatten, hingen matt durcheinander und vertrockneten langsam in der Hitze; man hatte offenbar aufgegeben, sie zu bewässern.

Wenn es in New York im Sommer zu heiß wird und man nicht ans Meer fährt, geht man ins Kino. Das ist ein grundlegender Unterschied zu Deutschland, wo man eher ins Kino geht, wenn das Wetter nicht so gut ist: In Deutschland rettet man sich vor dem schlechten Wetter ins Kino, in New York vor der sengenden Hitze. Leanne wollte einen Film sehen, also trafen wir uns und schauten »The Martian« – einer der langweiligsten Filme der Filmgeschichte, in dem Matt Damon zwei Stunden lang eine kaputte Raumstation reparieren muss auf einem Planeten, der noch leerer ist als Manhattan im August.

Aus einem der anderen Kinosäle kamen ein paar Paare heraus, offenbar war dort ein Actionfilm gelaufen, jedenfalls gingen die Männer aufrechter und wippender, sie waren in der Dunkelheit des Kinosaals zu den Action-Helden mutiert, die sie gesehen hatten, und blinzelten ihre Umgebung – den Popcorn-Stand, die schläfrigen Taxis draußen, die Hochhäuser der 36. Straße mit ihren blinden Glasfassaden – mit der Sicherheit von Agenten an, die wissen, wie man sich von einem Hubschrauber abseilt und seine Feinde mit wilden Tritten und Loopings erledigt und was man an einer Bar zu einer rätselhaften Agentin sagen muss.

Nach dem Kino, als wir durch die ausgestorbenen Straßen am Madison Square Garden liefen, sprachen wir über die Filme, die wir zuletzt gesehen hatten, und stellten fest, dass es vor allem alte Filme waren: »Un homme et une femme« von Claude Lelouch, »Viaggio in Italia« von Roberto Rossellini. Wir stellten fest, dass in beiden Filmen eine Frau und ein Mann in einem Auto sitzen und eine längere Strecke gemeinsam fahren, und wenn sie aussteigen, sind sie nicht mehr dieselben. Es gab, wenn man es genau betrachtete, ziemlich viele Filme, in denen die wesentlichen Dinge passieren oder sich wenigstens ankündigen, während eine Frau und ein Mann zusammen in einem Auto fahren, »Annie Hall« von Woody Allen, Stanley Kubricks »Shining«, »Crash« von David Cronenberg.

Wir stellten fest, dass man im Auto und im Kino auf eine ganz ähnliche Weise nebeneinandersitzt und sich nicht anschaut; die beiden Erfindungen, die das 20. Jahrhundert prägten, Film und Automobil, verlangen beide, dass man nebeneinander auf einen *Screen* schaut – auf die Leinwand, wo eine fiktive Welt erscheint, oder durch die Windschutzscheibe, durch die man in die echte Welt schaut.

Wenn man diese Filme gemeinsam im Kino sah, kam es zu einer merkwürdigen Spiegelung: Eine Frau und ein Mann sitzen im Kino vor der Leinwand und sehen einen Mann und eine Frau, die nebeneinander in einem Auto sitzen und durch die Windschutzscheibe in die Welt schauen: Genau genommen war es nur dieser doppelte Screen, der einen von der anderen Seite trennte.

Es waren seltsame Paare, die man in diesen Filmen sah, wie sie nebeneinandersitzen: ein Mann und eine Frau, die sich gerade kennenlernen; ein Mann und eine Frau in einer Ehekrise; ein Mann, der bald verrückt werden wird, und eine Frau mit einem Kind; ein alleinerziehender Mann und eine alleinerziehende Frau, die sich gerade kennenlernen; ein Mann und eine Frau mit dunklen Phantasien.

Man könnte die Liste beliebig erweitern – um Alain Delon und Romy Schneider in »La Piscine«, Brigitte Bardot und Jack Palance in »Le Mépris« oder Rock Hudson und Doris Day in »Bettgeflüster«, wo sie mal wieder die hilflose Frau spielen musste. Das Gegenmodell zu Doris Day war Ava Gardner, in die sich Frank Sinatra angeblich verliebte, als sie bei einer nächtlichen Fahrt seinen Revolver im Handschuhfach fand und damit auf die Straßenlaternen zielte und traf. Man fragt sich manchmal, was zwischen den großen Filmen passiert ist, die Ava Gardner in den vierziger Jahren drehte und in denen sie eine emanzipierte Frau spielt, die keine Männer braucht, und denen, in denen Doris Day alle paar Meter lang hinzustürzen droht und auf männliche Hilfe warten muss. Ava Gardner war das Ideal für einen Moment, in dem sehr viele Männer an der Front waren und die Kampagne »We can do it« Frauen ermunterte, das zu tun, was bisher die Domäne der abwesenden Männer war, zum Beispiel Lastwagen zu fahren oder Traktoren; Frauen wurde plötzlich alles zugetraut und zugemutet, auch, weil es anders nicht ging. Als die Männer wiederkamen, wollten sie aber ihre Laster von den Avas gern zurückhaben und lieber eine Doris in der Küche.

Es waren immer auch Filme, die die Idee von dem prägten, was ein Paar ist und was Frauen und Männer sein und tun sollten – und wenn man heute, in dem Moment, in dem das Auto als aussterbendes Objekt des toxischen Karbonzeitalters gilt und das Kino langsam vom Streaming abgelöst wird, in dem sich also das gemeinsame In-eine-Richtung-Schauen, das das 20. Jahrhundert prägte, auflöst in einem Durcheinander von jeweils über ihren Bildschirm gebeugten Einzelpersonen; wenn man in diesem Moment die vielen Filme von Frauen und Männern im Auto anschaut, dann ist das wie ein Gang in ein Museum, in dem die Ursachen all der Idealbilder und Vorstellungen zu besichtigen sind, die noch heute unsere Selbstwahrnehmung und unsere Rollenbilder prägen.

Wir beschlossen, ein Spiel zu spielen: Wir würden die Strecken, auf denen sich die berühmten Filmpaare mit ihrem Auto bewegen, nachfahren und schauen, was dort heute sichtbar wird.

Was findet man zum Beispiel heute auf dem Weg von Rom nach Neapel? Der Film »Viaggio in Italia« von 1954 ist ein Film über das Ende einer Beziehung, aber er ist auch ein Film über das Ende einer Welt – über das alte, vormoderne, arme, ländliche Italien, das in diesen Jahren verschwindet. Aus den schmalen Straßen, auf denen Ingrid Bergman ihren Wagen durch das ehemalige Sumpfgebiet bei Latina Richtung Neapel steuert, werden wenige Jahre nach ihrer Fahrt Autobahnen; aus den Eselskarren, die ihnen entgegenkommen, Lastwagen, aus den schwarzen Dampfloks neue Schnellzüge, und dort, wo die Hütten und die Obststände am Straßenrand stehen, entstehen bald Neubauviertel, Einkaufszentren und Bürotürme – das Italien der Nachkriegsmoderne. Heute kommt die neue Welt von damals ihrerseits an ihr Ende: Die Bürotürme und die Einkaufszentren verfallen, auch weil das Arbeiten von zu Hause und der Onlinehandel die Neubauten von damals in Ruinen verwandeln, auf den Feldern werden riesige Lagerhallen von Amazon gebaut. Wen trifft man, was sieht man, wenn man heute auf derselben Strecke eine »Viaggio in Italia« macht, und was erzählen diese Begegnungen über unsere Zeit?

In Deauville, wo 1966 in »Un homme et une femme« schon zwei Alleinerziehende etwas Unübliches und misstrauisch Beäugtes sind, würde man heute ganz andere Paare mit anderen Geschichten und Problemen treffen. Wo 1996 der Film »Crash« spielt, im Niemandsland der Betonpfeiler und Autobahnzubringer, wollte der Google-Mutterkonzern Alphabet zwei Jahrzehnte später eine neue grüne Smart City mit Holztürmen, digitaler Totalvernetzung und Fahrradwegen bauen, in der die Bürger mit ihren Daten zahlen – eine Überwachungswelt, die in den Werbefilmen heiter aussieht, aber vielleicht noch düsterer ist als die kalten Betonwelten von »Crash«.

Kann man das: einem Film hinterherfahren, um auf seinen Spuren einen Zugang zu finden zu seiner eigenen Zeit? Leanne würde, wie damals auf dem Weg von Berlin nach München, im Auto malen; sie würde die Stimmungen und Dinge aufzeichnen, was auch eine Rückholung der Malerei aus dem Film wäre: Das Hollywood-Kino des 20. Jahrhunderts war geprägt von der Phantastik der Riesenleinwände der klassischen Landschaftsmalerei der Hudson River School; der Film folgte den Effekten der Malerei. Kann es eine Malerei geben, die diesen Filmen folgt, ihre Stimmungen aufnimmt, zerlegt, mit dem eigenen Sehen kurzschließt; was passiert, wenn die Malerei, die dem Film ihre Bilder und Effekte gab, sich die Bilder vom Film zurückholt?

Wir wollten schauen, was von der Welt übrig ist, die die alten Filme zeigen, und welche Bilder und Geschichten heute an ihren Schauplätzen auftauchen, die das Kino damals nicht zeigen konnte oder wollte – und ob man am Ende auf den Spuren der alten Filme die eigene Gegenwart besser sehen kann.

ANNIE HALL: DURCH MANHATTAN

— DO YOU REMEMBER WHEN YOU STARTED TO CALL ME ANNIE?
— YES, AROUND 2013. YOU DROVE ME HOME AND I COMMENTED THAT YOU DROVE LIKE ANNIE.

Wir fingen mit »Annie Hall« an. Wir trafen uns an der Südspitze von Manhattan, Leanne hatte ihre Malsachen dabei und verwandelte wie immer den Mietwagen in eine Art rollendes Atelier.

»Annie Hall« kam 1977 in die Kinos und machte Woody Allen berühmt. In Deutschland hieß der Film »Der Stadtneurotiker«, was ihn zu einem etwas anderen Film machte. Im amerikanischen Original geht es vor allem um eine junge Frau namens Annie. Der deutsche Titel stellt den mittelalten, von Woody Allen gespielten neurotischen Mann ins Zentrum, was vielleicht sogar besser passte, denn am Ende geht es nicht um Annie Hall, sondern um das, was ein neurotischer Mann über sie denkt: Dieser Mann heißt Alvy Singer und ist ein einigermaßen erfolgreicher jüdischer Komiker, der gerade mit seinem Freund Tennis spielt, als eine Frau mit ihrer Freundin auftaucht. Die Frau, gespielt von Diane Keaton, ist deutlich größer als Alvy (fast alle hier sind deutlich größer als Alvy). Der Film springt genauso chaotisch wie seine Hauptfigur zwischen den Zeitebenen und den Geschichten umher, die allesamt darauf hinauslaufen, dass der kleine Alvy sehr viele Geschichten mit sehr vielen und sehr viel jüngeren Frauen hatte; wie in einer Psychoanalyse wird versucht, das Ende der Beziehung mit Annie in Rückblenden zu verstehen, und je mehr Alvy über Annie, sich und seine gesammelten Neurosen erzählt, desto mehr versteht man, warum sie am Ende nicht mehr da ist. Annie kommt aus Wisconsin und schlägt sich in New York als Sängerin und mit kleinen Rollen in Werbe-

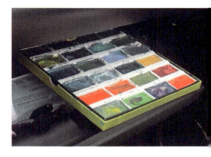

filmen durch. Es gibt eine schöne Szene, da fährt sie mit ihrem Käfer-Cabrio durch Manhattans Straßen, als seien die ein menschenleerer Highway irgendwo in ihrer Heimat. Alvy, gefangen auf dem Beifahrersitz, wird noch blasser, als er ohnehin ist, er murmelt »nice car ... keep it nice!«, Annie überholt und schießt wie eine Flipperkugel von einer Seite der Fahrbahn zur anderen, während Alvy, der ungern Auto fährt (»I got a license, but I have too much hostility«), sich vor Angst wegduckt in die Tiefen des Käfers, wo er die Reste eines angebissenen Sandwichs findet.

Leanne wollte auf der Fahrt das malen, was der Zuschauer des Films »Annie Hall« nicht sieht, aber was die Schauspieler aus ihrem Auto heraus gesehen haben müssen: das Äußere des Films, der vom Innenleben einer Frau und eines Mannes handelt.

Wir fuhren mit einem Mietwagen durch das vollkommen leere Manhattan auf der Strecke, die Woody Allen und Diane Keaton im Film fahren, vom Tennisplatz im Süden Manhattans am East River hinauf bis in die Upper East Side in die E 70th Street zwischen Lexington und Park Avenue, wo Annie im Film und Woody Allen im richtigen Leben wohnt.

Leanne malte die schwarzen Brücken über dem East River, die Türme im Dunst und das milchige Licht des Himmels über Manhattan, die Autos, die Brücken, die Tunnel, die Fassaden und die Bäume, die unsichtbare andere Seite des Films.

»Annie Hall« ist ein Film über die Unfähigkeit eines sehr neurotischen Mannes, in einer Frau mehr als seine eigene Projektion zu sehen; es werden sehr lustige Sachen erzählt, zum Beispiel das abgewandelte Groucho-Marx-Zitat »I would never wanna belong to any club that would have someone like me for a member«, es wird sehr viel analytischer Unsinn geredet, es werden irre Thesen vorgetragen (»I think a relationship is like a shark, it has to constantly move forward or it dies«), was für die

Zuschauer der siebziger Jahre wie eine großartige Persiflage auf all die Rituale und den Jargon eines New Yorker Kulturmilieus gewirkt haben muss. »Annie Hall« ist schon deswegen wichtig für die Filmgeschichte, weil Woody Allen in dem Film ein paar neue Erzähltechniken ausprobiert hat – immer wieder werden die Kinozuschauer direkt angesprochen; Untertitel verraten das, was Annie und Alvy gerade denken, aber nicht sagen (»I sound like a jerk«), und niemand hat Surrealismus so lustig eingesetzt wie er: Einmal wachsen Alvy vor den Augen einer antisemitischen Dame Schläfenlocken, einmal fragt Alvy ein Paar, warum es so glücklich ist, und die Frau sagt »Uh, I'm very shallow and empty and have no ideas and nothing interesting to say«, und der Mann sagt »And I'm exactly the same way«.

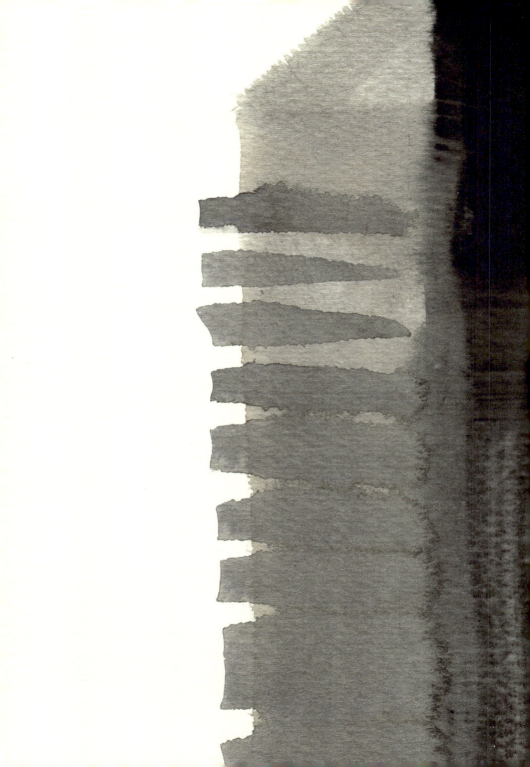

Dass man den Film heute immer noch gern anschaut, liegt aber auch an der Art, wie New York darin gezeigt wird, als Stadt, in der man sich auf eine seltsame Weise sofort zu Hause fühlt, weil genau genommen niemand dort schon immer zu Hause war und die ganze Stadt eigentlich aus Siedlungen von Emigranten und Zugereisten besteht, die hierherkamen, weil sie fliehen mussten oder weil sie auf etwas Besseres hofften als das, was sie verließen, und wissen, dass es nirgendwo anders besser werden kann als in New York, oder wie es bei Woody Allen heißt: *I don't want to move to a city where the only cultural advantage is being able to make a right turn on a red light.*

Andererseits kann man den Film heute fast nicht mehr anschauen. Leanne fragte mich, ob ich die Dokumentation über Woody Allen gesehen hätte, als sie mit einem dicken schwarzen Pinsel die Fassade des UN-Gebäudes malte und ich einer Uber-Limousine auswich, deren Fahrer scharf über drei Spuren Richtung Midtown abbog; sie erzählte von den Missbrauchsvorwürfen gegen Allen und davon, wie man unabhängig davon, ob die nun stimmen oder nur erfunden waren, unangenehm berührt ist, wenn man heute in Woody Allens »Manhattan« einen schon älteren Mann sieht, der sich über seine erst siebzehnjährige Freundin lustig macht, die noch zur Schule geht. Es ist schrecklich, sagte Leanne, und es war wirklich schrecklich, weil »Annie Hall« einer der Filme war, die unser Bild von Manhattan und vielleicht auch überhaupt vom erwachsenen Leben geprägt hatten, damals, als Leanne in Toronto lebte und gerade dabei war, für das kanadische Olympia-Nationalteam im Schwimmen anzutreten, und ich in Hamburg zur Schule ging und wir beide auf beiden Seiten des Atlantiks »Annie Hall« sahen und so das Glitzern der Hochhäuser von Manhattan kennenlernten, eine Stadt, aus der ein Mann und eine Frau an einem warmen, dunstigen Sommertag in die verlassenen Dünen von Long Island fliehen, wohin man als Zuschauer danach auch sofort ziehen wollte.

Als ich Leanne kennenlernte, fuhr ich sie mit meinem Auto nach Hause; seitdem nennt sie mich manchmal Annie, weil sie fand, dass ich so fahre wie Annie (Amerikaner können mit europäischem Fahrstil in der Regel nichts anfangen), und weil sie es mochte, Männern Frauennamen zu geben. Wir sprachen über die Autos, die Leannes Vater sammelte – Studebaker-Sportwagen und klassische Toyotas der achtziger Jahre, er hatte in seinem Haus bei Mississauga eine ganze Scheune voller Ersatzteile. Und wir sprachen über Annies Auto.

Es war natürlich auch ein Klischee, dass Annie Hall ein Käfer-Cabrio fährt und nicht zum Beispiel, wie die Filmfigur Rob, einen Mustang und einen Porsche. Es ist andererseits überhaupt erstaunlich, dass der Käfer in den sechziger und siebziger Jahren zum Lieblingsvehikel einer freundlich-alternativen amerikanischen Boheme werden konnte, wenn man bedenkt, dass der Name »Käfer« eigentlich ein Schimpfwort war, das die »New York Times« 1938 erfunden hatte, weil sie in der Masse der Kraft-durch-Freude-Wagen, wie der von Porsche im Auftrag von Adolf Hitler entwickelte Wagen damals offiziell hieß, eine bedrohliche Plage sah, die wie ein Schädlingsschwarm bald über ganz Europa herfallen würde, was ja leider auch keine ganz falsche Vorhersage war.

Der KdF-Wagen von 1938 war nicht süß. Er war wehrmachtgrau, in den Werbungen sah man die deutsche Nazi-Idealkleinfamilie, der Mann mit vorstehendem SS-Helden-Kinn, die Frau mit blonden Locken und blondem Lederhosenkind, in das Auto steigen, um Kraft durch Freude zu tanken. Die KdF-Sparer hatten die Autos zwar angezahlt, aber dann kam der Krieg, und die Käfer wurden zu Kübelwagen und transportierten die KdF-Väter an die Front. Es ist eine der erfolgreichsten und unglaublichsten Umcodierungen der Produktgeschichte des 20. Jahrhunderts, wie es dem entnazifizierten Volkswagen-Konzern gelang, aus dem von Hitler persönlich initiierten, asselgrauen, bedrohlich knatternden Stromlinienauto für den arischen Übermenschen ein Objekt zu machen, das die Konsumenten der größten Siegermacht süß und kulleräugig fan-

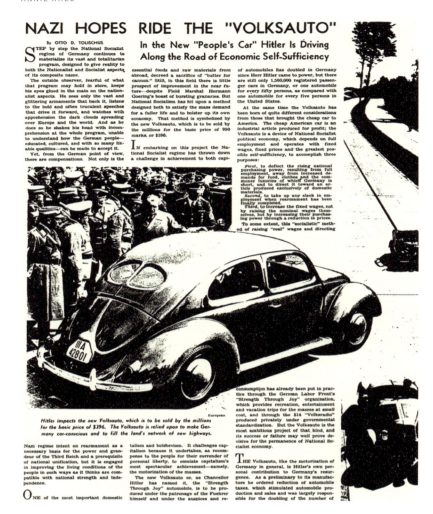

den und das sogar einen Namen (»Herbie«) bekam. Vielleicht lag es daran, dass der noch um Sparsamkeit und Effizienz bemühte Käfer viel kleiner war als die Straßenkreuzer, die in der prosperierenden Nachkriegskonsumwelt der Vereinigten Staaten nach 1945 phantastische Ausmaße annahmen und mit Blechschwüngen und raketenleitwerkhaften

Heckflossen die Unbegrenztheit des Landes, der Raumfahrt und ihrer Möglichkeiten ankündigten. Der Käfer war im Vergleich dazu lächerlich klein, so winzig, wie der amerikanische Sektor Deutschlands es im Vergleich zu Nordamerika war; er stand jetzt wie ein treuer kleiner Hund, der kulleräugig um Futter bettelt, als Drittauto für die Stadt vor der Tür. Während die Nazi-Propaganda hünenhafte Männer als KdF-Fahrer zeigte, wurde das Auto, als es nach Amerika kam, vor allem als Zweitwagen für die Frau verkauft: Der Käfer galt so sehr als Frauenauto, dass die Designer bei seiner letzten Neuauflage alles versuchten, ihn irgendwie männlicher aussehen zu lassen und so auch Männer als Kunden zu gewinnen; das Ergebnis war ein Auto, das so aussah wie ein Käfer, der einen Pitbull verschluckt hat, und von niemandem gekauft wurde.

***

Auf der Fahrt vom Tennisclub am East River zur Wohnung von Annie Hall in der Upper East Side sieht alles noch aus wie im Film: weit oben die Brooklyn Bridge, der gelbe Mittelstreifen, die roten Fire Trucks mit ihrem Chrom, die »Projects«, die backsteinernen Sozialbauten neben den Brücken.

Im Film sehen dafür die Farben der Dinge anders aus als jetzt. Die Autos sind beige und mattgelb. Die Vergangenheit, in diesem Fall das New York des Jahres 1977, sieht weicher, dunstig-milchiger aus. Vielleicht liegt das aber auch am Filmmaterial.

Zum schmutzigen Rot der Backsteinhäuser sind irgendwann die grünlich kalten Farben der neuen Glastürme gekommen; die optische Temperatur von Manhattans Süden hat sich verändert.

Statt der hellblauen Straßenkreuzer parken schwarze SUVs am Straßenrand, statt der Lastwagen Reisebusse: Tourismus statt Arbeit.

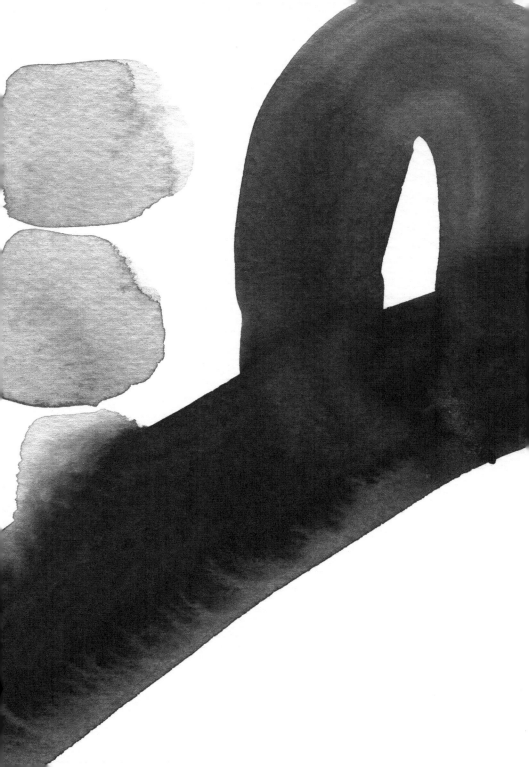

Was in »Annie Hall« anders war als in allen anderen Filmen, war erstens, dass Diane Keaton am Steuer sitzt und sehr halsbrecherisch durch Manhattan kurvt und Woody Allen ängstlich zappelnd auf dem Beifahrersitz herumgeschleudert wird, während in allen anderen Filmen der Mann am Steuer sitzt und stoisch geradeaus blickt (das 20. Jahrhundert war noch vor dem 19. das Jahrhundert, das die meisten Bilder stoisch geradeaus blickender Helden hervorgebracht hat). Die Filmfrauen auf den Beifahrersitzen reden in der Regel nicht viel. Die amerikanische Cartoonistin Alison Bechdel war 1985 mit einem nach ihr benannten Test berühmt geworden, bei dem Filme daraufhin untersucht werden, ob es in ihnen mindestens zwei Frauenrollen gibt, ob diese Frauen miteinander sprechen und ob sie sich über etwas anderes unterhalten als über einen Mann. Diesen Test besteht auch »Annie Hall« nicht; Frauen sind darin vor allem das, was neurotische Männer über sie denken – nur dass man nach neunzig Minuten deren Welterklärungsversuche insgesamt nicht mehr ganz ernst nehmen kann.

Vierzig Jahre nach Woody Allen sind derartige Erklärungsmodelle allerdings eher wieder im Kommen, diesmal getarnt als nicht psychologische, sondern naturwissenschaftlich beweisbare Erkenntnisse. Der Neurowissenschaftler Petri Kajonius von der Universität Göteborg und sein Kollege John Johnson von der Pennsylvania State University wollen in der Fachzeitschrift »Personality and Individual Differences« anhand der Selbstauskünfte von mehr als 320 000 Menschen zwischen 19 und 69 Jahren belegen, was ganz ohne jede wissenschaftliche Grundlage immer schon behauptet wurde, dass nämlich bei Frauen Altruismus und Mitgefühl, aber auch Ängstlichkeit und Verletzlichkeit viel stärker ausgeprägt seien als bei Männern. »Was Interessen und Einstellungen anging, suchten Männer eher nach aufregenden Erfahrungen und intellektueller Stimulation, Frauen beschrieben sich als liberaler und kulturell interessiert«, heißt es in der Studie. Die Autoren behaupteten, es gäbe für die Unterschiede evolutionsbiologische, aber auch kulturelle Einflüsse, Geschlechterunterschiede würden paradoxerweise umso unterschiedlicher ausfallen, je mehr auf Individualität und Chancengleichheit Wert gelegt werde. Ausgerechnet in dem Moment, in dem die binäre Konstruktion von Frauen und Männern grundlegend in Frage gestellt wird, zementiert die Neurowissenschaft sie, als habe man dort Angst, sonst die Kontrolle über das Thema zu verlieren.

Wir fuhren über die 2nd Avenue. Frage, während sie malt, an Leanne: Gibt es Filmpaare, die ihre Idee von einem idealen Paar geprägt haben? Sie möge das Paar in »Der weiße Hai«, sagt Leanne. Romy Schneider mit verschiedenen Männern, und Lorraine Gray.

Zweite Frage. Es gibt Filme, die man gern anschaut, und es gibt Filme, in die man gern einziehen würde: Feste in Filmen, bei denen man gern dabei wäre (zum Beispiel bei »The Party« ab der Stelle, wo Peter Sellers beginnt, einen Papagei durch den geschlossenen Käfig mit Körnern zu bewerfen,); Filmwohnungen, in denen man gern morgens seinen ersten Kaffee trinken würde (zum Beispiel die Pariser Wohnung, in der Romy Schneider mit Michel Piccoli in »Die Dinge des Lebens« am Schreibtisch sitzt); Filmhäuser, in denen man gern einen langen Sommer verbringen würde unter Pinien, in denen sich die Reflexe des Pools brechen (das Haus zum Beispiel, in dem Alain Delon in »La Piscine« sehr entspannt am Pool liegt, bis er ärgerlicherweise den Ex-Freund seiner Freundin darin ertränken muss, woraufhin der Film und sein Sommer vermutlich auch vorbei sind). In welchen Film möchte sie einziehen? »Obwohl es schlecht endet, mochte ich die Wiener Räume, die sich Mozart und Constanze in ›Amadeus‹ teilen«, sagt Leanne. »Komischerweise mag ich Filme von alleinlebenden Frauen, die New Yorker Szenen in ›An Unmarried Woman‹ und die Atmosphäre in dem chaotischen Haus, in dem in ›E. T.‹ die geschiedene Mutter lebt.«

Vor uns hielt ein Müllwagen, der alle Farbe verloren hatte; alles war nur noch Rost und die Farbe von Müll und verrotteter Pappe und von verblassten und zerknüllten Dingen. Was die Stadt verdaut hat, wird vom Dump Truck über die Brücken aus dem Körper von Manhattan hinausgefahren.

Weit oben hörte man das Rattern der Subway, die in fünfzig Metern Höhe über die Stahlbrücke durch den grauen New Yorker Himmel nach Brooklyn fährt.

Vorbeifliegende Worte einer Stadt: Starbucks. Hunter College. Chevy Tahoe. Die Spiegelung der Türme und der Bäume und des Himmels im Hochglanzlack der Motorhaube. Auf dem Teer der Straße weiße Pfeile und die Worte *Only only*.

Wir fuhren jetzt auf dem FDR Drive unten am East River hoch bis zur 68. Straße. Schilder: *Don't drink and drive – police enforced*. Gelbe Schulbusse. Zäher Verkehr, zwei Schornsteine, die silbrige Skyline, grüne Schilder mit weißen Buchstaben, wie Fußballfelder voller seltsamer, sinnloser Markierungen. *40 mph. Exit 7 East 20*. Alle Hochhäuser sind beige, grau oder rot, nur der Turm der Vereinten Nationen steht wie eine weiße, abstrakte Stele am Fluss. »So pretty«, sagte Leanne. Die Spitze des Empire State tauchte auf, vier Fahrspuren in jede Richtung. Die Schlaglöcher sind so tief, dass man eigentlich ein SUV braucht, um sich durch die Canyons von Manhattan zu bewegen, die Stadt fühlt sich beim Fahren an, als ob sie sich sehr schnell wieder in die Wildnis verwandeln könnte, die es hier bis vor 400 Jahren gab. Die Stöße der Fahrbahn machten das Malen schwierig. »Auf dem Highway wird es einfacher sein«, sagte Leanne, und in diesem Moment ging das Licht schlagartig aus und der FDR Drive verschwand in einem verrotteten, nach Moder und Abgasen riechenden Betontunnel.

Die Autobahnringe der großen Städte mit ihren Brücken, Schallmauern und Tunneln sind die größten Gebäude einer Stadt, nirgendwo wird zusammenhängend mehr Beton verbaut; das größte Gebäude von Manhattan ist, so gesehen, die vielspurige Straße, die sich wie eine Betonmauer um die Insel legt.

Im Tunnel aufgestaute Hitze und Abgasgeruch, das Hallen der Achtzylindermotoren, Echos wie in den Bergen. Das Aufheulen eines Motorrades: Der Fahrwind reißt am Hemd des Fahrers. Das Auto vor uns hieß *Infiniti*.

Leanne legte ihre Bilder zum Trocknen auf dem Rücksitz aus, der Wind hob zwei ein wenig an, die Farbe verlief.

Die Verschärfung der Plein-Air-Skizze, des Malens draußen, bei dem die Impressionisten ihre Leinwände dem Staub, dem Wind und der Hitze aussetzten, die so Teil des Malprozesses wurden und ihre Spuren in der Farbe hinterließen wie Einschlüsse im Bernstein – die Verschärfung dieser Plein-Air-Malerei ist das Malen in einem fahrenden, offenen, über Schlaglöcher rumpelnden Auto, das noch mehr von den Bedingungen des Malens, den Erschütterungen des Moments, in dem das Bild entsteht, aufs Papier bannt.

An der Kreuzung 1st Ave E 64 verlangt ein Plakat der City Bank, das einen Kinderkopf zeigt: »Spend more moments in the morning«. Dann die edwardhopperroten Fassaden der Upper East Side, die grüne Wand des Central Park. An den Stoßstangen der geparkten Autos seltsame Zusatzhörner aus Chrom, Metallgeweihe, als wäre das SUV ein Hirsch. Das Metronomgeräusch der Fußgängerampel.

In den schmalen, feinen Seitenstraßen der Upper East Side: grüne Markisen, ein champagnerfarbener Range Rover, eine pastellige, gedämpfte Farbpalette, die feine Melancholie des guten, teuren Geschmacks. An der Ecke dann wie ein Sprengsatz aus der Welt des Plastiks, der Farbstoffe und der Geringverdiener ein knallbunter Food Truck, an dem all die sich ihr Essen holen, die keine Zeit oder kein Geld haben, zu den teuren Souterrain-Italienern mit den hautfarbenen Tischdecken zu gehen.

Eine Frau mit Jeansjacke und Leggings läuft auf einen schwarzen Toyota zu, weil sie ihn für ihren Uber hält. Wird das Gelb der alten New Yorker Taxis aus »Annie Hall« irgendwann ganz aussterben? Da ist das Haus, in dem Annie Hall wohnt: 38 E 68th Street. Ein Mann im rosa Hemd weicht zwei Arbeitern mit blauen Bauhelmen aus, die an UN-Soldaten erinnern. Es wird regnen, sagt Leanne.

Sie hatte etwa zwanzig Bilder gemalt, die sie im Fußraum und auf dem Armaturenbrett zum Trocknen ausgelegt hatte; von einigen liefen feine olivgrüne und schwarze Rinnsale über die Lüftungsschlitze und die Knöpfe im Cockpit des Wagens.

Die Bilder sind Momentaufnahmen dessen, was wir gesehen hatten und was Alvy und Annie auf ihrer Fahrt gesehen haben könnten; einige zeigten die Stadt, ihre Formen und Farben – aber vielleicht auch den Verlauf eines Arguments, die Umrisse eines Gefühls, die Stimmung eines Gesprächs und eines Moments in der Gegenwart; genau konnte man es nicht sagen.

Leanne sagt: Ich mag keins von den Bildern.

✳✳✳

Später gingen wir ins Metropolitan Museum und schauten uns die amerikanischen Gemälde an – das heißt, genau genommen waren es Gemälde von deutschen Einwanderern, die Amerika gemalt hatten.

Alle Bilder und Filme lassen etwas aus, sie zeigen immer etwas nicht. Auch Filme lassen die Wahrheiten der Orte, an denen sie spielen, weg – wie auch nicht: Man kann nicht alle Geschichten erzählen. Aber es ist doch interessant, welche Geschichten man weglässt und welche man erzählt und wie sich manchmal, wenn man genauer hinhört, die weggelassenen, die verschwiegenen Geschichten in die Erzählung zurückbohren.

Auf dem Bild »Büffel in der Prärie« zum Beispiel, das Albert Bierstadt, ein Sohn deutscher Einwanderer, 1890 malte, sieht man die weite Landschaft von Montana – vorn das in heißen Sommern gelb gewordene Präriegras, dann ein paar Büffel und weiter hinten, am Ende der Ebene, die Berge, die wie eine dunstige Phantasie auftauchen. Der Himmel ist noch ein wenig blau, während er weiter rechts schwarz wird; vielleicht ist das die aufziehende Nacht, vielleicht ein sich im Norden zusammenbrauendes Gewitter. Was man in dem Bild nicht sieht, sind Menschen. Man sieht nicht die Ureinwohner, die die Büffel über Jahrhunderte so jagten, dass genügend übrig blieben, und man sieht nicht die Siedler, die, ermutigt von der Army, die Büffelherden in wenigen Sommern und Wintern ausrotteten, unter anderem, um die rebellischen Ureinwohner auszuhungern. Man sieht in dem Gemälde nur erhabene Natur und darin, wie in einer gigantischen Fleischtheke angerichtet, die großen Tiere. Man sieht das Bild endloser Möglichkeiten: eine Welt, die darauf wartet, besiedelt, ausgebeutet, bebaut zu werden. Dass man dafür all diejenigen, die das Bild eigentlich bevölkerten, verjagen und ausrotten musste, lässt der Maler weg; als er ein monumentales Gemälde mit dem Titel »The Last of the Buffalos« für die Pariser Weltausstellung einreicht, sieht man dafür dann keinen Siedler, sondern einen Indianer, der den letzten Büffel kleinmacht. Das Bild wurde vom amerikanischen Auswahlkomitee trotzdem abgelehnt: Man wollte sich in Paris ungern als Kontinent darstellen, dem die Ressourcen ausgingen.

Die Bierstadts kamen aus Solingen, sie hatten Deutschland 1833 verlassen und waren nach New Bedford in Massachusetts gezogen, der Vater arbeitete dort als Kellermeister, man kann sich vorstellen, wie er mit rheinländischem Akzent Weine empfahl. Auch Albert Bierstadt hatte diesen Akzent.

Er hatte sich das Malen selber beigebracht, einmal, 1853, mit 23, war er heim nach Deutschland gereist, um beim Cousin seiner Mutter, dem Künstler und Revolutionär Johann Peter Hasenclever, zu studieren, aber als Bierstadt ankam, war der zwanzig Jahre ältere Hasenclever gerade an Typhus verstorben. Bierstadt studierte an der Düsseldorfer Kunstakademie, kam 1857 zurück nach Amerika und wurde für seine monumentalen, menschenleeren Landschaftsbilder gefeiert, die das Gegenteil der Fotografie waren, die seine Brüder machten: Bierstadt malte die amerikanische Natur, die weiten Prärien und Bergzüge, die endlosen Wälder nicht einfach so, wie sie waren, er steigerte sie mit dramatischen Lichteffekten ins Phantastische. Bierstadt war Hollywood, bevor es Kino gab: Riesenleinwände, große Emotion.

1863 reiste Bierstadt mit dem Schriftsteller Fitz Hugh Ludlow, einem Freund von Mark Twain, durch die Rocky Mountains bis an die Pazifikküste. Ludlow war sechs Jahre jünger als Bierstadt und sah ihm auf eine geradezu alberne Weise ähnlich – gleiche Frisur, gleiche Augenpartie mit ähnlich schwachen Augenbrauen, Ludlows Vollbart ist weniger voll, insgesamt wirkt er auf den Fotos vielleicht ein bisschen schläfriger, was an seinem enormen Haschischkonsum liegen könnte, den er in seinem Buch »The Hasheesh Eater« beschreibt.

Ludlow schrieb phasenweise ausschließlich unter dem Einfluss von Haschisch, was seine Frau Rosalie Osborne zusehends ärgerte. Bierstadt skizzierte die Landschaften, die er sah, auch ohne Haschisch so, wie er sie empfand, nämlich deutlicher wilder und rauschender, als sie auf den Fotos aussehen. Als er mit Ludlow in den Westen aufbricht, ist er in Ludlows Frau verliebt; als sie in Colorado einen Berg entdecken, besteigt Bierstadt ihn und nennt ihn zu Ludlows Verwunderung nach dessen Gattin »Mount Rosalie«. Bei ihrer Rückkehr schreibt Ludlow ein Buch über die Reise, das freundlich von Bierstadt spricht. Bierstadt malt ein riesiges Bild von seinem neuen Lieblingsberg, der bald nichts mehr mit seiner geologischen Vorlage, die Bierstadt minutiös skizzierte, zu tun hat und sich in eine wilde, schneeweiß zuckende Phantasie verwandelt. Rosalie, die sich mit Ludlow wegen der Drogen viel streitet, habe, so erzählen es die Biographen, dann in den folgenden Monaten Bierstadt oft in seinem Atelier besucht; offensichtlich war ihr ein Mann lieber, der den Rausch nur malt und nicht andauernd durchleben muss.

Bierstadts neues Monumentalgemälde ist 1866 fertig, es zeigt Gewitterwolken über einem Phantasieberg, über den wilde Bäche rauschen, davor sieht man, wenn man genau hinschaut, ein paar winzige Tepees, die der Sturm bald wegfegen dürfte; der Maler nennt das Werk »Storm in The Rocky Mountains – Mount Rosalie«.

Vielleicht ist die Landschaft mehr ein Bild von und für Rosalie als ein Landschaftsgemälde, und der Sturm ein Selbstporträt Bierstadts und das wackelige Zelt der arme Ludlow – jedenfalls lässt sich Rosalie von Ludlow scheiden und heiratet kurz nach Vollendung des Bildes Bierstadt. Der schockierte Ludlow versteht, dass sein Freund in seiner Ehe etwas Ähnliches angerichtet hatte wie ein heftiger Sturm mit einem schiefen Zelt. Erbost entfernt Ludlow den Namen Bierstadt minutiös von jeder Seite seines Buchmanuskripts, während der inzwischen hoch angesehene Maler mit Rosalie nach Rom, Paris und in die Karibik reist und am Ende seine Zeit und sein Geld mit Rosalie durchbringt und mit seltsamen Vorhaben wie dem Versuch, den amerikanischen Präsidenten William McKinley zu überzeugen, die Insel Korfu zu kaufen.

Nicht weit von dort, wo Bierstaedt seine »Büffel in der Prärie« malte, dreht Stanley Kubrick 1979, rund ein Jahrhundert später, die Anfangsszene von »The Shining«. In »The Shining« geht es um einen Schriftsteller, der einen Winter lang als Hausmeister mit Frau und Tochter in einem ansonsten verlassenen Hotel in den Bergen verbringt und dort wahnsinnig wird und lauter Geister von toten Bewohnern und Gästen sieht, die aus den Tiefen der Vergangenheit wiederauftauchen. Es sind die Geister von weißen Menschen, von Nachfahren europäischer Siedler. Die Geister derjenigen, die an dem Ort, an dem der Film gedreht wurde, von weißen Siedlern tatsächlich vertrieben und ermordet wurden, die Bitterroot Salish und andere Stämme, das tatsächliche kollektive Verdrängte, sieht man in diesem Film nicht – obwohl der Kritiker Bill Blakemore 1987 in der »Washington Post« argumentiert, der Film handele unterschwellig vom Genozid an den amerikanischen Ureinwohnern, wofür die ständig auftauchenden indianischen Logos sprächen und auch die Szene, in der Stuart Ullman erzählt, dass es beim Bau des Hotels zu einigen Attacken von Indianern kam, weil das Haus auf einem indianischen Bestattungsort errichtet worden war. Jack Nicholson, der in der Einsamkeit dieser Berge wahnsinnig wird, stünde demnach für den Weißen, der von seiner Schuld gegenüber den Ureinwohnern heimgesucht wird, von den Millionen Toten und Vertriebenen, auf denen Amerikas Reichtum aufbaut.

Wir beschlossen, nach Montana zu fahren.

THE SHINING: GOING-TO-THE-SUN-ROAD, MONTANA

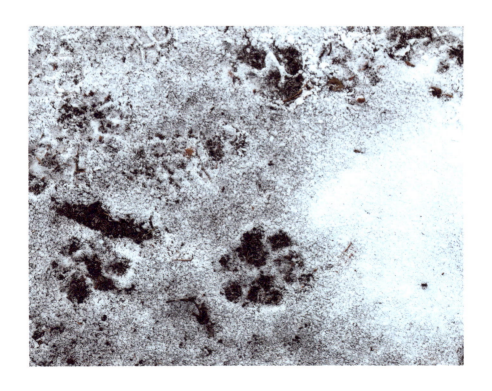

Der Koch stand mitten auf der Straße, die kurz vor der kanadischen Grenze am See entlang und dann hinauf in die Berge führte, und starrte auf den Abdruck einer Tatze im Schnee. Er sah verängstigt aus, obwohl alle anderen, die an diesem Abend in der Kälte eines Spätnovemberabends mit ihm auf der verlassenen Straße standen, mehr Grund gehabt hätten, so zu schauen, denn der Koch hatte in seinem Rucksack ein Beil und ein paar Messer, die er aus seiner Küche mitgenommen hatte – für alle Fälle, wie er sagte. Es hatte geschneit in der Nacht, und die Ranger hatten den Pass am Devil's Lake gesperrt.

Eine Herde Elche – vielleicht siebzig Tiere – stand reglos auf einer Lichtung im gelben Präriegras.

Sie hatten hier oben ein paar Kanufahrerinnen retten müssen im Sommer, erzählte Dave, aber bevor er die Geschichte beenden konnte, hob er die Augenbrauen und zeigte auf die Spur im Schnee. Es war eindeutig der Abdruck einer Tatze, vier kleine Kreise und ein Ballen.

Berglöwe, sagte Dave.

Ah, Berglöwe, genau, rief der Koch, und wurde noch blasser, als er ohnehin schon war. Er war ein freundlicher, untersetzter Mann, der einen flaumigen Bart und einen blonden Zopf trug. Er war vielleicht Mitte dreißig. Es war sein erster Winter in den Bergen, und bisher hatte er das Restaurant kaum verlassen. Nach ein paar Metern blieb stehen.

Was ist mit den Bären?

Die sind im Winterschlaf, sagte Dave.

Falls doch einer kommt, sagte der Koch und klopfte auf seinen Rucksack, in dem sich das Beil und die Messer befanden. Ich bin vorbereitet!

Und wenn ein Bär kommt, machst du deinen Rucksack auf und holst deine Messersammlung raus und filetierst ihn, ja?

Der Koch sagte nichts und schaute ins Halbdunkel. Man sah ihm an, dass ihm die Sache nicht geheuer war; dass es ihm nicht geheuer war, dass Dave sich lustig zu machen schien über ihn, man sah, dass ihm mit jedem Schritt hinein ins Dunkel des Waldes Zweifel kamen, ob so ein Rucksack voller Steakmesser – sehr stabile, sehr scharfe Messer allerdings – im Notfall überhaupt hilfreich wäre, vielleicht bräuchte man eher eine Lanze, um sich so einen Bären vom Hals zu halten, man hatte auch ab und zu gelesen, dass jemand einen Bären erfolgreich mit vorgehaltenem Messer in die Flucht geschlagen hätte. Wie war die Regel noch: *Black, fight back, brown, lay down.* Die Bären hier waren schwarz, oder? Gab beides, auch braune. Wie sollte man bei einem aus dem Dunkel des Waldes im Halblicht hervorbrechenden Bären so schnell erkennen, ob er braun oder schwarz ist? Man sah dem Koch an, dass ihm nicht wohl war bei der Idee, dass die beste Verteidigung darin bestehen könnte, sich hinzulegen. Er war Koch, kein Großwildjäger und auch kein Schlachter, ihm war mulmig zumute bei der Idee, dass man in eine Situation kommen könnte, in der man mit voller Kraft ein Messer in diesen doch sehr weichen großen Pelz dieses an sich so schönen Tieres stößt – oder war das

eine sentimentale Sichtweise von Großstadtkindern, die mit freundlichen Teddybären aufgewachsen waren, deren Nasen in der Geschichte des Teddybärdesigns immer runder und freundlicher geworden waren, weil eben die ersten Teddies noch diese lange, unsympathische, verstörende und irgendwie auch böse Schnauze hatten –

Dave sagte nichts und marschierte weiter bergauf. Die Tannen rückten näher an die Straße, die sich zwischen dem See und dem Felsen in den Berg bohrte. Wenn man neben einem Koch läuft, der sich alle paar Meter misstrauisch und hektisch umdreht, um sicherzugehen, dass nicht eine ganze Armee von Bären aus dem Dunkel getreten ist und sich hinter ihm auf der Straße versammelt hat, um sich hinterrücks auf seinen Rucksack zu stürzen, dann sieht im einsetzenden Abendlicht fast alles, jeder Felsbrocken, jede geduckte Kiefer, wie ein Bär aus. Die Straße, die wir entlangliefen, heißt Going-to-the-Sun-Road. Die Sonne war gerade dabei, zu verschwinden. Ein Bergbach rauschte hinunter in den See. Das letzte Abendlicht fiel auf die vom Schnee marmorierten schwarzen Felsen und auf das eisige Blau des immerkalten Gletschersees. Da waren: das fast schwarze, harzige Grün der Tannen. Die Farbe von dunklem Honig. Die beim Sturz aus der Höhe der Felswand gebrochenen, zersplitterten Steinbrocken.

Wir hatten Dave ein paar Tage zuvor kennengelernt. Er gehörte zum Stamm der Blackfeet Indians und betrieb kurz vor der kanadischen Grenze in einem Ort namens St. Mary, der nur aus ein paar Häusern bestand, die einzige Bar, die um diese Jahreszeit noch geöffnet hatte; der Koch war sein einziger Angestellter. In seiner Bar waren keine Gäste zu sehen, und man wusste auch nicht, woher sie hätten kommen sollen. In St. Mary gab es einen Campingplatz, auf dem niemand campte, das Red Eagle Motel, dessen Fenster für den Winter oder vielleicht auch für immer, jedenfalls sehr gründlich vernagelt waren, und eine ebenfalls geschlossene Bude, in der man sich im Sommer über den West Glacier National Park informieren konnte. Der Ort hatte sich auf einen langen Winter vorbereitet, die Saisonarbeiter waren abgereist. Hinter der Bude sah man die gezackten Gipfel der Gletscher, die zur Ostflanke der Rocky Mountains gehören. Seit 1850 schmelzen die Gletscher hier; irgendwo in der Nähe, an der kontinentalen Wasserscheide, gab es eine Station, die den Klimawandel erforscht. Die wenigen Menschen, die man auf dem Weg nach St. Mary sah, steuerten riesige Pick-up-Trucks über die schneebedeckten Straßen.

Das Wetter in St. Mary war schon vor dem Klimawandel extrem; am Two Medicine Lake hatten sie in den Sommermonaten Temperaturen über 40 Grad gemessen, am Rogers Pass im Süden lag dafür der Kälterekord im Winter 1957 bei unter minus 50 Grad. In den Bergen hatten Forscher Gesteinsschichten aus dem Proterozoikum gefunden, die über 1,5 Milliarden Jahre alt waren, in den jüngeren Schichten des grauen Gesteins findet man Spuren von Seetang, versteinerte Muscheln und Schnecken: Auch diese Berge lagen einmal in einem Urmeer. Die Natur ist so unberührt geblieben wie sonst kaum irgendwo in den Vereinigten Staaten: Seit der Besiedlung durch Europäer ab dem 15. Jahrhundert sind nur drei Tierarten in der Gegend ausgestorben: Bisons, Swiftfüchse und der Gabelbock. Es gibt immer noch Weißkopfseeadler und Timberwölfe, viele Luchse und ein paar hundert Grizzlybären.

Nach St. Mary kommt man, wenn man von Kalispell eine Stunde auf dem US Highway 2 nach Nordosten fährt, erst entlang des Flathead River und dann über ein kahles Bergplateau, vorbei am Halfmoon Lake und durch eine Mondlandschaft, in der sich der pulverige Schnee über die braun gewordene Heide legte. Schilder warnen vor Elchen  und vor Bären. Eine Straße in einem Ort, an der geduckte Holzhäuser standen, trug den schönen Namen *Old Person Street*.

St. Mary sah um diese Jahreszeit aus wie ein Kulissendorf, aus dem die Filmcrew hektisch geflohen war. Auf dem Parkplatz lagen wild durcheinandergewürfelte Pappkartons herum, ein paar umgefallene Schilder zeigten mit der Spitze in den Himmel und behaupteten, dort gehe es zum See. Als wir ankamen, hatte nur noch in einem Haus Licht gebrannt; es war eine Art Bar, in der alles – die Wände, das Mobiliar, sogar die Speisetafel – aus Holz war. Hinter dem Tresen saßen Dave und der Koch, dessen Repertoire sich, wie die hölzerne Karte mitteilte, auf das Anrichten von Burgern, Salaten und Pommes frites beschränkte. Dave gehörte der Laden. Er hatte eine Frau und eine Tochter, die irgendwo in Kalifornien als Illustratorin arbeitete und von deren Arbeit er aufgeregt und stolz sprach. Das Reservat seines Stammes erstreckt sich auf 7800 Quadratkilometern vom Glacier National Park bis über die Grenze zu Kanada und bis zum Cut Bank Creek. Die Blackfeet, deren Geschichte zehntausend Jahre zurückreicht, haben nicht immer in dieser Gegend gelebt; sie wurden im 17. Jahrhundert von den Prärien im Norden und Westen der Großen Seen vertrieben. In einem Vertrag von 1896 verloren sie dann auch den Teil der Rocky Mountains, den sie als heilige Berge verehren, und konnten nur die Jagd- und Fischereirechte für sich sichern. In den achtziger Jahren durfte ohne Absprache auf ihrem Land nach Öl gebohrt werden; seit den Neunzigern gehören Öl und Gas neben Tourismus und der Herstellung von Füllern durch die Blackfeet Indian Writing Company zu den Haupteinnahmequellen. Anfang des Jahrtausends lag die Arbeitslosenquote unter den Stammesmitgliedern trotzdem bei 69 Prozent.

Während der Koch eine seiner drei Spezialitäten zubereitete, hatte Dave beschlossen, uns seine Sprache beizubringen. *Oki'napi* heißt *Hello, my friend*. Ein Bär ist ein *Kiaayo*, der Coyote ein *Aapi'si*, die Ente eine *Mi-Ksikatsi*, die Biene eine *Naamoo*.

Waren das onomatopoetische Namen – das *Naa-moo* ein Echo des Summens, das *Ksi-katsi* das Geräusch einer watschelnden Ente?

Dave zündete einen aus Bisongras geflochtenen Zopf an und schwenkte den Rauch im Raum, ein traditionelles Reinigungsritual; es roch nicht nach giftigem Qualm, sondern nach Vanille und Sommer und frischen Wiesen. Sweetgrass, Gattungsname *Hierochloe odorata* oder *sepatsemo* in der Sprache der Indianer, gilt bei den Blackfeet als heilige Pflanze; man kann sie kochen und als Haarwaschmittel nutzen, kauen, um Entzündungen zu bekämpfen, oder einen Raum von schlechten Kräften befreien.

Dave erzählte von den Medizinmännern der Stämme, deren Wissen mündlich von Generation zu Generation weitergegeben wurde, das aber jetzt, wo die Stammesmitglieder eher zur Pharmacy nach Kalispell als zu einem Medizinmann gehen, wenn sie krank sind, verlorenzugehen droht. Einer von ihnen, Adolph Hungry Wolf, hat deshalb ein Buch geschrieben. Es heißt »The Blood People« und listet die Heilkräuter, die man in der Prärie und in den Wäldern fand, und ihre Wirkung auf: die Wurzeln des Bear Grass, eine Palmlilie, wie auch der kanadische Hanf werden zu einem Haarwaschmittel verkocht; die Wurzeln der Baneberries, des Christophskrauts mit seinen giftigen roten oder weißen Beeren, ergeben ein Gebräu, das gegen Husten hilft; wilde Minze wird gegen Brustschmerzen eingesetzt, Schneebeeren gegen Menstruationsschmerzen; der Beifuß, *Artemisia* genannt oder *Sage,* wird angezündet, um Mücken zu vertreiben, der Sud der Wurzeln der Alumroots, der Purpurglöckchen, hilft, warm getrunken, gegen Halsschmerzen, Krämpfe und Durchfall, und deren gepresste Blätter werden auf Schwellungen aufgetragen. Wo wir eine Prärie mit Büschen sehen, sieht Dave eine gigantische Welt-Apotheke: Für die Pferde verrührt man Fett mit den Blättern und trägt es auf ihre Sattelwunden auf. Die *Oregon grapes,* eine Mahonie, die zu den Berberitzen gehört, dient der Behandlung von Nierenschmerzen, mit den Wurzeln der Frühlings-Hungerblümchen wurden Abtreibungen eingeleitet.

Die Zweige von Traubenkirschen kaut man, wenn man den Drang zu rauchen bekämpfen wollte; Stachelbeerwurzel, gekocht und zu einer Paste verrührt, sollte gegen stinkende Füße und Achselschweiß helfen.

Für den nächsten Tag hatten wir uns am Lake McDonald verabredet, dessen Wasser vom Sturm weiße Schaumkronen trug, als sei das offene Meer nicht weit. Wir hatten Dave, der im Sommer Touristen in die Berge führte, gefragt, ob er uns die Going-to-the-Sun-Road zeigen könnte und mit uns von dem Punkt an, wo sie wegen des einsetzenden Schnees gesperrt war, bis zu der Stelle wandern würde, an der die Fahrt in »The Shining« endet.

Die Going-to-the-Sun-Road ist berühmt, seit hier 1980 der Beginn des Films »The Shining« gedreht wurde; Jack Nicholson spielt den Lehrer Jack Torrance, der mit seinem gelben VW Käfer immer höher in die Berge hinauffährt, wo er über den Winter sein Geld als Hausmeister im verlassenen Overlook-Hotel verdienen will, um seine Frau Wendy und seinen kleinen Sohn Danny durchbringen zu können. Das Hotel, in dem der Film gedreht wurde, steht zwar in Colorado, aber die Straßen dort waren dem Regisseur Stanley Kubrick nicht gruselig genug, deswegen wurde die Anfahrt hier, in Montana, gedreht, ungefähr zur gleichen Jahreszeit, wenn der erste Schnee über die Straße treibt und der Wind das Wasser des Sees, der sich, als sei er verhext, nie erwärmt, aufpeitscht und die steilen Bergwände noch schwärzer und unheilvoller aussehen als im Sommer.

In »The Shining« erzählt der Hotelmanager, dass im vergangenen Winter der damalige Hausverwalter seine Familie und dann sich selbst getötet habe, vielleicht habe ihn ein Lagerkoller ereilt, hier, gefangen in einem alten Hotel mit seinen düsteren Gängen und Geschichten, abgeschnitten von der Welt durch tiefen Schnee.

Schon die Filmmusik macht seht schnell klar, dass die beiden und ihr Kind hier nicht in eine Skihüttenromantik mit langen Spieleabenden und herrlichen Schneeabenteuern fahren, sondern direkt in ihr Verderben: Danny wird in seinem Winterzuhause sehr schnell von seltsamen Erscheinungen heimgesucht – er sieht die toten Töchter des alten Hausverwalters, die mit ihm spielen wollen, und kommt mit Würgemalen aus einem Zimmer des Hotels, auch Jack Torrance hat Visionen und sieht eine nackte junge Frau, die, als er beschließt, sie zu küssen, plötzlich zur verwesenden Leiche einer alten Frau mutiert, die sich trotz ihres nicht mehr intakten Zustands erstaunlicherweise auf ihn zubewegt.

Der Film wurde immer als Metapher von Beziehungen gelesen, in denen einer am Versuch zerbricht, alles für seine Familie zu tun, und sie am Ende zerstört; er spielt mit dem alten Horrorfilm-Motiv, dass die Vergangenheit plötzlich hervorbricht und die Toten lebendig werden, dass zum Beispiel ein leeres Hotel von den Wiedergängern einer verdrängten, verschwiegenen Vergangenheit besiedelt wird. Man kann »The Shining« als einfachen Zombie-Grusel lesen – aber auch als Bild für das Verdrängte, das an diesem Ort einst geschah. So wie die britische Kolonialgesellschaft in der Zeit, als das Königreich Ägypten und andere afrikanische Länder brutal besetzte und ausraubte, unzählige Geschichten von Mumien hervorbrachte, die zum Leben erwachen und, nachdem sie es bis nach London geschafft haben, dort herumspuken und die Ausbeuter in Angst und Schrecken versetzen, so hat das Amerika des 20. Jahrhunderts die gewaltsame Verdrängung der Urbevölkerung des Kontinents, die seit tausenden von Jahren die Prärien und Berge des westlichen Montana bewohnt hatten, vielleicht in solchen Geschichten verarbeitet.

Der Koch lief jetzt dort, wo Jack Nicholson in seinem Käfer in sein Unglück fährt, mit einem Beil und ein paar Küchenmessern im Rucksack hinter uns her und schaute misstrauisch ins immer undurchdringlichere Schwarz der Tannen. Die Sonne versank hinter der Bergkette. Es wurde dunkel, und es wurde kalt, und die Luft roch nach Schnee. Leanne machte an der Stelle, an der Jack Nicholson auf die kleine rätselhafte In-

sel Wild Goose Island in der Mitte des Sees schaut, ein Foto und postete es sofort auf Instagram, vielleicht, um eine Spur zu hinterlassen für den Fall, dass der Koch mit den Messern und dem Beil im Rucksack sich als weniger harmlos und ängstlich erweisen sollte, als es aussah, immerhin war das hier der Drehort eines Films, dessen Hauptfigur wahnsinnig wird.

Die Blackfeet, sagte Dave, die in den Great Plains leben, hätten früher im Winter in den Wäldern Schutz vor den Schneestürmen der Prärie gesucht, aber sie seien dort nie heimisch geworden; der Wald blieb für sie fremd und geheimnisvoll, und sie erzählten von ihm voller Respekt und Furcht. Der Winter am Saint Mary Lake ist lang und kalt. Der März heißt *Sa-aah'ki-Soam*, was Gänsemond bedeutet und Zeit des schmelzenden Schnees; es ist die Zeit, wenn die Gänse zu ihren Brutplätzen im Norden zurückfliegen.

Der Wind, der aus den steinigen Weiten im Norden wehte, blies Arabesken in die Wasseroberfläche des Saint Mary Lake.

Was haben sie hier als Kinder gemacht? Durften sie im Wald spielen, trotz der wilden Tiere?

Unsere Eltern haben uns sogar ermutigt, in die Wälder zu gehen. Fährten zu lesen.

Und sind sie im See geschwommen?

Sind wir nicht, sagte Dave, viel zu kalt. Man kann sogar im Sommer erfrieren in diesem See. Das Wasser kommt direkt aus den Gletschern. Er wärmt sich nie auf.

Die Dunkelheit zog über den Bergrücken und durch die Tannen, der Wald wurde kalt und still, was noch unheimlicher war als der Lärm der Überlebenskämpfe, der mit Einbruch der Dunkelheit in einem tropischen Wald anhebt; hier klang es, als sei alles Leben aus der Welt gewichen. Nach einer halben Stunde sagte Dave, dass wir umdrehen müssten.

Wir gingen die Straße zurück zu den Wagen, und unten, während der Koch seinen Rucksack in den Wagen hievte, sagte Dave ihm, dass ihm all die Messer und Beile nichts geholfen hätten, wenn wirklich ein Bär angegriffen hätte. – Du hättest nicht einmal Zeit gehabt, deinen Rucksack zu öffnen, dann wäre es schon vorbei gewesen, sagte Dave, und der Koch gab ein spitzes, erbostes Lachen von sich.

※※※

Wir fuhren die vom Mondlicht beschienene schmale Straße zurück nach Kalispell. Hinter den Tannenwäldern sah man die schneebedeckten Gipfel. Die Scheinwerfer beleuchteten den gelben Mittelstreifen und die weiß vereisten Wasserpfützen, die sich auf dem Teer gebildet hatten, im Radio spielten sie »Suedehead«, Morrissey sang *Why do you come here / When you know it makes things hard for me? / Why do you telephone? / And why send me silly notes?*

Im Dunkel tauchten ein paar Siedlungen auf; die Häuser hier waren klein und flach, die Trucks davor umso größer. Ein endloser Güterzug fuhr nach Süden. Vor die Lake McDonald Lodge hatte jemand das Schild »Closed for the Season« genagelt. Das Eis bedeckte jetzt die gesamte Fahrbahn. Die Felsen bauten sich wie ein schwarzer Tsunami am Horizont auf. Vor einer Scheune parkte ein *Grand Cherokee*; sogar die Namen der Stämme hatten die Eroberer des Kontinents für ihre Produkte benutzt. An einem Holzturm stand ein Plakat, das mit einem Yeti für Ziplines und für Helikopterausflüge Werbung machte. Auf einem verwitterten Plakat sah man eine glücklich lächelnde Familie mit weißen Zähnen und schwungvollen Fönfrisuren zu einer Wanderung aufbrechen. Das Foto musste in den siebziger Jahren aufgenommen worden sein; jetzt dürften die abgebildeten Personen längst in irgendeinem Altersheim wohnen.

Worüber redet man, wenn man die Spuren berühmter Paare der Filmgeschichte verfolgt? Über Politik, über die Landschaft, über Familie, über Paare – über Geschichten, die Freunde erzählten, über Paare, die sie kennen.

Leanne will wissen, was mit dem Freund passiert ist, der vor einigen Jahren nach New York gezogen war. Der Mann hatte in verschiedenen europäischen Städten gelebt, dort viel Geld verdient, über 100 000 Euro im Jahr, so viel, dass er sich eine Altbauwohnung in Mailand, einen schnellen Wagen und drei Urlaubsreisen im Jahr leisten konnte. Schließlich war er nach New York versetzt worden. Dort lernte er eine Frau kennen. Die beiden gingen essen; die Rechnung belief sich auf 340 Dollar, plus Trinkgeld. Sie fuhren in die Catskill Mountains und nahmen sich ein Hotel, das erstaunlicherweise, weil offenbar viele New Yorker an diesem Wochenende in die Einsamkeit der Catskill Mountains fuhren, um dort einsame Wanderungen zu machen, 400 Dollar pro Nacht kostete. Auf dem Rückweg fuhren sie an dem Haus vorbei, das ihr Ex-Mann, Chef einer Headhunter-Agentur, gerade für 5,8 Millionen Dollar verkauft hatte. Zurück in Midtown, an einer Bar im Erdgeschoss eines architektonisch bedeutenden Wolkenkratzers, erzählte sie ihm von den Camping-Urlauben, die sie in den achtziger Jahren mit ihrem Vater an der Küste von North Carolina verbracht hatte, wo sie die selbstgefangenen Fische abends über dem Feuer brieten. Der Kellner brachte ihnen Ölsardinen auf Brot und zwei Drinks. Zwei Freundinnen der Frau kamen dazu und bestellten sich ebenfalls ein paar Drinks, und weil es etwas zu feiern gab, Champagner. Er zahlte die Rechnung, 420 Dollar.

Ihr ältestes Kind feierte seinen Geburtstag in einem auf Kindergeburtstage spezialisierten Gebäude in Brooklyn, was sie 1200 Dollar kostete. Sie schlug vor, mit ihm in die Karibik zu fliegen, musste aber absagen, weil sie einen Job reinbekommen hatte, der es ihr erlauben würde, die Kosten des Anwalts zu bezahlen, der sie gegen den Vater ihrer Kinder vertrat, welcher sich weigerte, allein für das Schulgeld der Kinder aufzukommen, die auf eine französische Schule in Manhattan gingen (68 000 Dollar pro Jahr).

Zum ersten Mal fühlte der Freund sich arm. Er sah die Frau jetzt weniger, hörte zehn- bis zwanzigmal am Tag Graham Nashs »Better Days«, ließ sich sehr viel Essen kommen und kaufte Einliter-Weißweinflaschen, die kaum in die Tür seines Kühlschranks passten. Kurz nach dem Jahreswechsel, den die Frau auf der Silvesterparty von Freunden in Amagansett verbracht hatte, teilte sie ihm bei einem schnellen Lunch in einem Restaurant im West Village (90 Dollar) mit, dass sie *jemanden sehe,* der Werbefilme produziere. Seitdem versuchte der Freund, New York wieder zu verlassen, obwohl er, wie er sagte, sich keine schönere Stadt vorstellen könne.

Eine Freundin hatte einen Franzosen kennengelernt, der als Grafiker in Berlin arbeitete. Als sie erfuhr, dass er aus einer kleinen Stadt in der Normandie kam, veränderte sich ihr Blick auf ihn: Sie sah ihn jetzt, wenn sie an ihn dachte, in einem dunklen Pullover aus grober Wolle an einem stürmischen Tag am Strand entlanglaufen oder sogar auf einem Fischkutter, wo er versuchte, sich im Sturm eine Zigarette anzuzünden; bald projizierte sie sich in diese Szene hinein, auch sie trug jetzt einen hellen Rollkragenpullover und Gummistiefel und ging mit ihm durch eine Straße, an der aus Feldsteinen errichtete Häuser mit regennassen grauen Schieferdächern standen; in einem dieser Häuser – es hatte, sagte sie, einen großen offenen Kamin und im oberen Stockwerk, unter dem Dach, ein Schlafzimmer, dessen Fenster auf die Bucht ging, in der bei Ebbe die Boote im Schlick lagen und auf die kommende Flut warteten – wohnten sie. Obwohl sie noch nie in der Normandie war, betrachtete sie jetzt alles vom westlichsten Ende Europas aus. Sie las Bücher, die in der Normandie spielten, und kaufte sich in einem Feinkostgeschäft gesalzene normannische Butter und eine Flasche Calvados, auf der ein Ritter mit einer flatternden Fahne abgebildet war. Außerdem kaufte sie sich einen Marin-Pullover und Schuhe, in denen man einen feuchten Strand entlangwandern konnte; sie wurde, kurz gesagt, immer normannischer.

Dem Franzosen fiel auf, dass sie ihn auf eine besondere Weise beobachtete, wenn er rauchte. Sie trafen sich in einer Bar, in der er ihr erzählte, wie furchtbar er die Normandie finde, so einsam und trist, er sei heilfroh, dass er von dort fort sei, es gäbe für ihn nichts Schöneres als Berlin. Wenig später lernte die Freundin einen Kroaten kennen, der im Süden Spaniens aufgewachsen war. Die Freundin kaufte sich einen Rock, der sich sehr gut für die Hitze spanischer oder kroatischer Sommer eignen würde.

✳✳✳

S. ging essen mit einem bekannten Architekten, der einen sehr ungewöhnlichen Vornamen, viele Haare und großen Hunger hatte. Bei der Vorspeise entdeckte der Architekt am Nachbartisch einen potentiellen Auftraggeber und verabschiedete sich für etwa eine Viertelstunde; S. aß ihre Vorspeise allein, und dann seine. Als der Hauptgang kam, machte sie ihm ein Zeichen, und er kam eilig vom anderen Tisch zurück. Sie tranken eine Flasche Rotwein zum Hauptgang, er bestellte sich ein Dessert, sie einen Espresso. Als der Kellner die Rechnung brachte, dividierte der Architekt die Rechnung blitzschnell auseinander, bot aber an, den Wein zu übernehmen; macht genau 34 Euro für dich und ich zahle 52, erklärte er erfreut. Dass sie ihn später nicht noch auf einen Drink zu sich in die Wohnung gebeten hatte, wie er draußen vor dem Restaurant angeregt hatte, habe ihn sehr verwundert und auch geärgert, teilte er S. in einer SMS am nächsten Morgen mit; ob sie ihm den Grund für das plötzlich so kühle Verhalten erläutern könne?

✳ ✳ ✳

Als T. seine Frau, eine Spanierin aus dem Norden des Landes, kennenlernte, gaben sie sich heroische spanische Kosenamen: mi Luz, mi Ciel, Himmel und Licht; je länger sie in T.'s Heimatstadt Göttingen lebten, desto kleiner wurden die Tiere, mit deren Namen sie sich riefen: Erst waren sie immerhin noch Tiger und Bärchen, dann Kater und Hasen. Als sie bei Maus angekommen waren, trennten sie sich.

✳ ✳ ✳

J. hatte im Internet einen Mann kennengelernt, dessen Fotos ihr gefielen. Sie telefonierte mit ihm und mochte seine Stimme. Zu ihrer ersten Verabredung erschien er in einem silbernen Audi; als sich die Fahrertür öffnete, sah sie einen braunen Slipper, an dessen Oberseite Bommeln befestigt waren, über dem Asphalt nach Bodenhaftung tasten. Sie konnte das Café verlassen, bevor er sie gesehen hatte.

Eine Woche später traf sie einen anderen Mann. Vor dem Restaurant fuhr er schwungvoll auf einem Mountainbike vor, in einer Art Rüstung mit Ellbogenschonern. Er setzte seinen Fahrradhelm erst ab, als er sich bereits an ihrem Tisch niedergelassen hatte. An seinem Kopf konnte man die Druckspuren des Helms erkennen. Seine Zehen schauten triumphierend aus den Sandalen heraus wie Nagetiere, die nach einem langen Winterschlaf ihre Köpfe aus einer Höhle stecken, was in J.'s Kopf eine Hochrechnung auf den restlichen Körper auslöste, die nicht mit einem Sieg des Kandidaten endete.

*＊＊

Z. hatte einen melancholischen Italiener geheiratet, mit dem sie einen Sohn bekam; bald hatten sie sich nichts mehr zu sagen. Im Sommer besuchten sie ein befreundetes Paar aus Österreich, mit dem sie hin und wieder Weihnachten gefeiert hatte und das, wie sich herausstellte, ebenfalls bloß aus Gewohnheit und Erschöpfung zusammengeblieben war. Z. begann in diesem Urlaub eine Affäre mit dem Österreicher. Als der Italiener davon erfuhr, traf er die betrogene Frau, um die Lage zu besprechen. Sie tranken ein paar Flaschen Wein und schliefen miteinander, um sich an ihren Partnern zu rächen. Der Österreicherin hatte der Italiener schon immer gefallen. Der Ärger wich so dem Gefühl einer Befreiung und löste sich bald in einer geradezu euphorischen Dankbarkeit auf. Man beschloss, den Kindern mitzuteilen, dass man weiter in den bekannten Wohnungen leben und auch Weihnachten wie immer zusammen feiern werde, die einzelnen Elternteile dies bloß in neuer Zusammensetzung tun würden.

* * *

1990, im ersten Sommer nach der Wiedervereinigung, gaben sich ostdeutsche Jugendliche in Bulgarien als Westdeutsche aus, um ihre Chancen bei Frauen zu erhöhen, während die Westdeutschen aus dem gleichen Grund in Frankreich behaupteten, aus Ostdeutschland zu kommen.

* * *

Ida, die als Mann geboren wurde, aber alles entfernen lassen hatte, was an dieses Versehen der Natur erinnerte, empfängt, so erzählt sie an einer Bar, die Gäste, die sie einlädt, immer nackt. Einmal hat sie einem Gast, der diese Nacktheit als Aufforderung zu unangemessenem Verhalten missverstand, mit einem entschlossenen Griff den Arm gebrochen.

* * *

Eine Zeit lang traf sich H. mit einem jungen Mann, der eine Art Künstler war und mit einem für seine Generation ungewöhnlich ausgeprägten, leicht leiernden sächsischen Akzent sprach. Nach ein paar Wochen offenbarte er ihr, er habe sie jetzt »gecastet« (er betonte das A so, als wolle er unbedingt vermeiden, dass es wie ein halbes O klang, was es aber trotzdem tat) und müsse ihr nun sagen, dass sie als mögliche Freundin durchgefallen sei, da zu selbstzentriert und gleichzeitig zu unsicher; nach der Verkündung dieses Urteils schlug er vor, man solle dennoch in Kontakt bleiben; auch könne sie ihm freundlicherweise helfen, einen Bewerbungstext, den er in Kürze abzugeben hatte, zu formulieren.

* * *

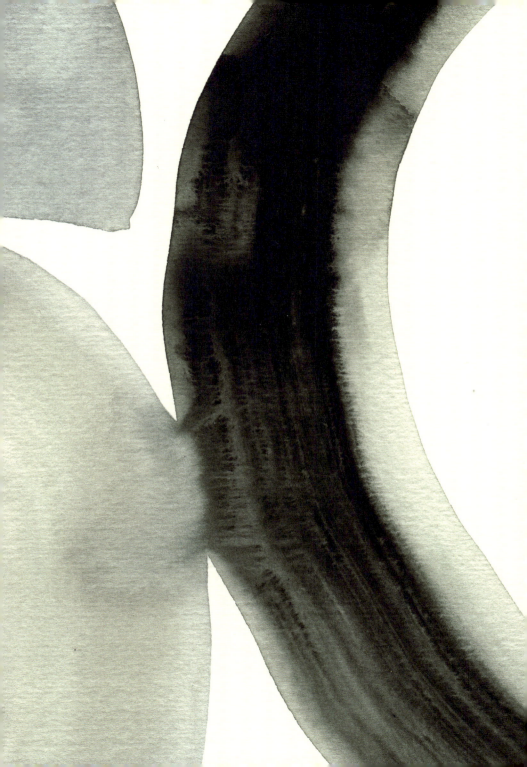

K. gefiel die sonore Stimme, mit der der Sprachcomputer der Ticketbuchungshotline seine Fragen beantwortete. Er wusste, dass das, was ihn aufforderte, bei verschiedenen Wünschen verschiedene Zahlen ins Telefon hineinzusprechen (»wenn Sie ein Ticket umbuchen wollen, sagen Sie ›zwei‹; wenn Sie ein neues Ticket buchen wollen, sagen Sie ›drei‹«), nur eine Roboterstimme war, aber diese Stimme musste, bevor sie robotisiert worden war, einmal einem Menschen gehört haben, der die einzelnen Antworten in einem Tonstudio eingelesen, sich vielleicht hin und wieder verhaspelt hatte (es gab in diesem Tonstudio vielleicht noch eine Aufnahme, bei der die Person, die die Antworten einliest, niesen muss, ein reizendes kleines Niesen, ein unerwarteter Knall, der den sonoren Fluss der Worte unterbricht, Entschuldigung, ich beginne noch mal: »Wenn Sie einen neuen Flug ...«); je mehr er darüber nachdachte, desto dringlicher wurde sein Wunsch, die Person kennenzulernen, der diese Stimme einmal gehörte. Ein paar Wochen später glaubte K., die Stimme in einem französischen Zug wiederzuerkennen, wo sie in einem sanften, runden, seltsam verträumten Tonfall die nächste Station ansagte. Wie im Internet schnell herauszufinden war, gehörte diese Stimme aber der Französin Simone Hérault, die seit 1981 die Ansagen für alle 3000 Bahnhöfe und alle Züge in Frankreich einspricht.

***

Seit T. als Anwalt arbeitete, bekamen er und seine Frau Weihnachtspostkarten von Kollegen und Klienten, die im Westen der Stadt wohnten. Auf den Karten sah man jeweils einen Mann vor einem 1000-Euro-Adventskranz, der gut sichtbar in der Empfangshalle seiner Villa befestigt ist, wobei seine Hand mit einem zufriedenen Lächeln auf der Schulter seiner Frau platziert ist, neben der mindestens drei Kinder mit eingefrorenem Lachen zu sehen sind. Oft werden noch ein spanischer Jagdhund und Wertgegenstände – eine antike Silberschale voller Kekse, eine Büste

Friedrichs des Großen und das Gemälde irgendeiner Adligen aus dem 19. Jahrhundert – möglichst beiläufig ins Bild geschoben. Seine Kollegen hängen diese Karten nebeneinander auf eine Schnur im Wohnzimmer; offenbar ist man erst ein akzeptiertes Mitglied der Gesellschaft, wenn man eine Mindestzahl von identisch aussehenden Familien auf seiner Weihnachtsleine hängen hat. Dass er und seine Frau keine Kinder und keine schnurfähigen Weihnachtsgrüße zu verschicken hatten, machte sie bemitleidenswert und auch verdächtig.

***

D. war mit einem älteren Mann zusammen, einem Dänen, der erotische Romane schrieb. Als die Beziehung auseinanderging, schrieb sie ihrem Ex-Freund Nachrichten, in denen die Vokale seltsame Querstriche und Kringel aufwiesen – Witze auf Køsten ihres ehemaligen Liebhåbers.

∗ ∗ ∗

C. und H. hatten beschlossen, über das Wochenende nach Berlin zu fahren; sie hatten dafür nach den Corona-Monaten eigentlich kein Geld, aber Geld für den Zug und für ein paar Bier und den Eintritt hatten sie schon noch, deswegen hatten sie den Zug genommen und sich ein paar Bier gekauft und waren am Freitag so lange durch die Bars und Clubs gezogen, bis es wieder hell geworden war und sie noch genau 20 Euro übrig hatten. Gegen neun waren sie in einen der gelben Linienbusse gestiegen, die nicht so aussahen, als ob in ihnen irgendjemand etwas kontrollieren würde, und hatten ganz hinten auf der letzten Bank eine Runde geschlafen.

In der Stadt entdeckten sie später den Showroom eines Autohauses. Zwischen einem Dutzend anderer Wagen parkte dort ein SUV mit abgedunkelten Scheiben. Von außen war der Wagen vollkommen uneinsehbar. Sie schwangen sich in die weichen Ledersessel, bedienten die Sitzverstellung, schalteten das Radio an, schalteten das Radio wieder aus und kauften sich von ihrem restlichen Geld nebenan im Supermarkt ein Brot und Wein und Obst und gingen zurück zu ihrem Wagen. Als der Verkäufer, von anderen Kunden abgelenkt, in seiner Verkaufskabine verschwunden war, kletterten sie über die Rückbank in den Kofferraum des Wagens und schliefen dort ein. Als sie aufwachten, war es dunkel, vor den Scheiben des Showrooms waren Gitter hinuntergelassen worden. Sie klappten die Rückbank um, so dass ein langes, bequemes Bett entstand. Hinter der Windschutzscheibe sah man draußen vor dem Geschäft die Ampel einer Kreuzung, in regelmäßigen Abständen verfärbte sich das Innere des Autos von rot zu grün. Sie öffneten den Wein, aßen das Brot und die Früchte, stopften den Müll unter den Fahrersitz und deckten sich mit ihren Jacken zu. Sie wurden nicht entdeckt. Gegen elf entstiegen sie dem Fond des Geländewagens, griffen nach einem der herumliegenden Autokataloge und grüßten die erstaunten Verkäufer, bevor sie ins trübe Licht eines Berliner Samstagmorgens traten.

Andere Paare haben länger in verbotenen Räumen gewohnt. Ein Foto aus der »Sun« zeigt einen Mann und eine Frau, die in einem fensterlosen Raum vor einem Fernseher sitzen. Der Couchtisch ist aus Holz. Das Sofa ist alt, sie haben eine Decke darüber geworfen. Der Mann trägt ein T-Shirt. Die Frau lacht. Das Zimmer, in dem sie sitzen, ist keine Wohnung: Es ist ein vergessener Raum in einer Shoppingmall, die so groß ist, dass nicht einmal ihre Betreiber von ihm wissen. Der Mann heißt Michael Townsend; zusammen mit sieben anderen Künstlern lebte er von 2003 bis 2007 immer wieder in einem 70 Quadratmeter großen unterirdischen Raum in einer Shoppingmall in Providence Place, Rhode Island, ohne dass es irgendjemandem auffiel. Als die Mall 1999 gebaut wurde, joggte Townsend oft an der Baustelle vorbei. Ihm fiel die ungenutzte Fläche auf; er betrat den Raum, der leerstand, und vergaß ihn wieder.

Vier Jahre später muss Townsend aus seiner Wohnung ausziehen, weil der gleiche Developer, der die Mall gebaut hat, dort einen Parkplatz bauen will.

Townsend hat kein Geld für eine andere Wohnung. Er beschließt, zumindest vorübergehend in den leeren Raum unter der Mall zu ziehen. Seit 1999 schien dort niemand gewesen zu sein, selbst die Security schien nichts von ihm zu wissen. Er war als Müllhalde genutzt worden, sagte Townsend gegenüber der »Sun«, »angefüllt mit Trümmern und übrig gebliebenen Kabeln«. Townsend und seine Freunde tragen das Material und ihre Habseligkeiten in Rucksäcken in die Mall. Sie mauern eine Öffnung zu und bauen eine Tür ein; zum Waschen nutzen sie die Badezimmer des Einkaufszentrums, wo es auch Duschen gibt. In dem Zimmer gibt es Möbel und eine PlayStation 2. Bis zu drei Wochen am Stück leben sie in der Mall, ohne dass sie irgendjemand bemerkt. Townsend wollte sogar eine Küche einbauen, Holzfußböden verlegen und ein zweites Schlafzimmer abtrennen – aber dann entdeckten Sicherheitskräfte den Schwarzbau doch noch, und Townsend wurde für sein Kunstprojekt zu einer Bewährungsstrafe verurteilt.

***

Wenn Dr. X den Leuten von der Website etwas überwiesen hätte, wäre sein Geld weg gewesen und die Frau auch. Das heißt, genauer gesagt wäre die Frau nie aufgetaucht, obwohl man ihm umfangreiche Dokumentationen geschickt hätte, obwohl er sich schon mit ihr getroffen hätte auf den zahlreichen Konzerten, die sie angeblich so gern besuchte. Die Website war Anfang des neuen Jahrtausends aufgetaucht, sie hieß CoincidenceDesign.com, und die Zufalls-Designer versprachen, mit einem Team von ehemaligen Polizisten, Ermittlern und Psychologen für jedermann die perfekte Partnerin zu finden. »You've found success; you drive an expensive car, own a mansion, and have money to burn. On top of all this, you're fairly young, you work out, and can make witty remarks«, fragte die Website und machte damit gleich klar, wer als Adressat ihres Angebots gemeint war. »Aber Du findest nicht den idealen Partner?« Wir kommen zu dir, versprach die Website, wir interviewen dich, wovon du träumst, soll sie eine Kunsthistorikerin sein oder eine Schwedin, soll sie Brahms mögen oder Raves, soll sie gern in den Bergen sein – und dann suchen wir sie weltweit, die Welt ist groß, irgendwo läuft bestimmt die passende Frau herum (das Angebot galt nur für Männer, andersherum, behauptete die Website, würde die Sache nicht funktionieren). »She is the perfect woman«, heißt es auf der Website. »Doesn't throw tantrums. Maybe she can even skydrive. Who is she? She is your DREAM WIFE. You can't stalk her. But we can.«

Wenn Coincidence Design eine Gruppe von Traumfrauen ausfindig gemacht hat, tritt Phase zwei in Kraft: Die Ex-Agenten werden in den Freundeskreis der Frau eingeschleust, beobachten sie, finden alles über sie heraus. Schließlich kommt es, basierend auf dem Wissen, das nach Überzeugung von Coincidence Design alles ist, zur Inszenierung eines Zufalls, der der Website ihren Namen gab: Wenn die Frau gern in Galerien geht, Antaeus von Chanel, Mode von Jacquemus und Romane von Zadie Smith mag, dann wird der Auftraggeber, mit Antheus imprägniert, in einem Jacquemus-Laden mit einem Buch von Zadie Smith und einem Galeriekatalog unter dem Arm einlaufen, so dass sie sich in ihn verlieben muss. »Wir können ihre Bewegungen von der Morgendämmerung bis zur Abenddämmerung beobachten. Wir können einen Vorwand nutzen, um Mitbewohner und Klassenkameraden aus ihrer Vergangenheit sowie Kollegen und Freundinnen aus ihrer Gegenwart zu befragen. Wir können einen Agenten losschicken, um ihre Verwandten zu überprüfen. Wir können ein Auge auf ihre Wohnung werfen und Informationen aus ihren Freunden herausquetschen. Dann werden wir einen ›Zufall‹ entwerfen. Wir können dafür sorgen, dass Sie beide sich zunächst auf einem Kongress treffen und dann – ein paar Wochen später – auf einem Transatlantikflug zufällig nebeneinandersitzen. Oder ihr seid zufällig zusammen in einem Aufzug gefangen. SIE wird anfangen, mit IHNEN zu reden«, versprach die Website. Frühere Versionen kündigten noch rabiater an, die E-Mails und die Telefonate der Zielperson zu hacken. Eine beachtliche Zahl von Männern hatte keine Bedenken, dass die Ausspähung und Manipulation einer Frau vielleicht kein idealer Start für die lang ersehnte Traumbeziehung sein könnte, und zahlte erhebliche Summen an Coincidence Design, nämlich bis zu 78 000 Dollar für alle drei Rekrutierungs- und Vorbereitungsphasen; auf der Website hieß es, 37 Männer seien schon dabei, erfolgreich auf eine Hochzeit zuzusteuern. David Cassel fand schnell heraus, dass es sich bei Concidence Design um einen Hoax handeln muss – die Postadresse war in Dallas, aber die Telefonnummer gehörte einem Ford-Händler in Davis, Kalifornien, wo niemand etwas mit dem Handel mit Informationen über Frauen zu tun haben wollte. Dann aber fand er doch noch den Betreiber namens Nick, der zugab, etwas übertrieben zu haben, aber die Seite könne ja eine Art *self-fulfilling prophecy* werden, es hätten sich viele Männer gemeldet. Trotzdem markierte CoincidenceDesign.com einen historisch bedeutenden Moment – den nämlich, an dem die Ausspähungskultur der Digitalplattformen, die ihren Reichtum mit Informationen über die Internet-User generieren, einen ersten schrill-fiktiven Höhepunkt erreichte.

***

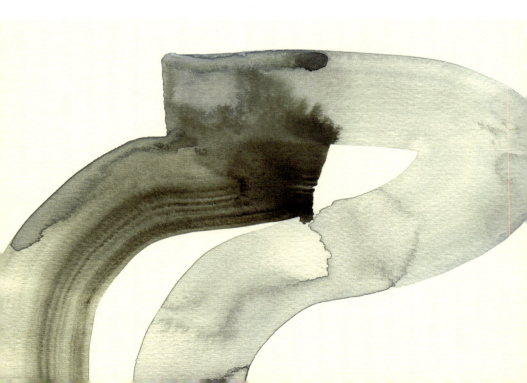

Die meisten seiner Freunde mag man, sonst wäre man nicht mit ihnen befreundet. Das bedeutet nicht, dass man der Meinung ist, alle diese Freunde hätten einen Partner, der zu ihnen passt. Viele dieser Partner mag man; aber nicht unbedingt an der Seite ihres derzeitigen Partners.

Vielen dieser Partner ging es ähnlich. Wir trafen die Architektin P., die sich bitter darüber beschwerte, dass ihr Mann nicht euphorisch genug auf ihre spontanen Einfälle reagierte. Wenn sie, sagte die Architektin und machte vor Empörung einen Knoten in ihre Serviette, spontan vorschlage, am Wochenende irgendwo zu zelten, sage M. bloß, na gut, aber was, wenn es regnet? Ihr Mann, dachte ich, wäre perfekt für S., die, wie M., am liebsten am Wochenende zu Hause bleibt und Filme schaut, statt sich für verschiedene romantische Unternehmungen vor die Tür zerren zu lassen, von denen wiederum der Freund von S. träumt: würde man beide Paare über Kreuz zusammensetzen, hätte man am Wochenende vier glückliche statt zwei enttäuschte und zwei genervte Leute.

Wir hatten eine Idee. Wir würden ein großes Essen veranstalten, ein *Seated Dinner* mit Platzkarten, zu dem wir all unsere Freunde einladen würden; wir würden aber die meisten Paare so zusammensetzen, wie wir finden, dass sie zusammengehören, natürlich ohne es ihnen zu sagen, und dann schauen, ob dieser Vorschlag erkannt und wie er umgesetzt wird.

Die surrealistischere Alternative zu diesem Spiel könnte so aussehen, dass man auf den Feldern eines Zauberwürfels die Namen all seiner Freunde schreibt, den Würfel verdreht und, wenn zwei Personen nebeneinander landen, versucht, dafür zu sorgen, dass sie das auch im richtigen Leben tun.

Leanne kaufte sich in einem Outpost-Laden einen braunen Filzhut, wie sie die Ranger tragen. Ihre turbulente Frisur verschwand darunter wie bei einem Zaubertrick.

Am Tresen stand ein Warnschild: *No guns allowed*. Draußen, auf einem Sammelparkplatz, standen die gelben Schulbusse, die am kommenden Morgen die Kinder in den Weiten des Landes einsammeln würden.

In Kalispell wohnten wir im alten Grand Hotel an der Main Street, einem heruntergekommenen zweigeschossigen Kasten, der mit einer wild gezackten roten Neonlichteinfassung auf sich aufmerksam machte. Das Gemälde im Foyer war eine Kopie von Charles Russells »Burning the Fort« von 1898, es zeigte ein paar angreifende Indianer mit Speeren und nackten Oberkörpern. Der Terrazzoboden und der Stuck an der Decke waren die letzten Überbleibsel besserer Tage. Wie in allen amerikanischen Hotels gab es einen Tisch mit drei Sorten Milch und mehreren Kannen voller schwarzem Kaffee, der so dünn war, als hätte man den Espresso aus einem kleinen Land wie Italien mit sehr viel Wasser aufgießen müssen, damit er für ein so riesiges Land reicht. An der Rezeption saß, neben einem absurd verschnörkelten Klavier, ein älterer Mann, der noch verstimmter war als das Klavier und nur einen Zahn im Mund hatte, und ich erinnerte mich an das, was mir mein Freund Ralph, der aus Ohio stammt, über die amerikanische Provinz gesagt hatte, *people don't have teeth down there, but they have guns.*

Tatsächlich hatte der Mann eine griffbereite Flinte hinter dem dunklen Holztresen stehen. Es gab einen Billardtisch, auf dem die Kugeln in einer Linie aufgereiht lagen, eine alte Standuhr, die in einem unregelmäßigen Takt tickte, und einen Elchkopf, der neugierig über einer Anrichte aus der petrolgrünen Wand herausschaute. An der gegenüberliegenden Wand beobachtete ein ebenfalls ausgestopfter Hirschkopf, was der

Elch auf der anderen Seite des Raums tat. Geweihe allein wirken immer wie eine Abstraktion, ein graphisches Objekt, aber wenn der Kopf des Trägers mit ausgestopft und aufgehängt wird, sieht es immer aus, als hätte ein lebendes Tier nicht mehr bremsen können und sei beim Aufprall mit dem Kopf durch die Wand gekracht, während der Rest auf der anderen Seite feststeckte.

In der Bar nebenan, dem »406«, servieren sie Dry Martinis und Bison Sliders.

Ich ging eine Runde um den Block und kaufte in einem Laden ein Spielzeug: die Miniatur eines Waggons der New Yorker Untergrundbahn. In den kleinen, gerade mal einen Zentimeter breiten Fenstern sah man gemalte Figuren, die die New Yorker Subway-Gesellschaft abbildeten: Männer mit Krawatten, alte Damen mit grünen Hüten, die zu ihren Mänteln passen, Jungen mit Baseballkappen, junge Frauen mit Miniröcken, Geschäftsfrauen im Kostüm mit perfekter blonder Frisur, Männer mit Kabeln im Ohr, offenbar Musik hörend, zwei Paare: Ein Mann mit rotem Blouson und lila Krawatte hält eine Frau mit Kurzhaarfrisur und roséfarbenem Blazer an der Hüfte; weiter rechts lehnt sich eine Frau mit dem Ellbogen so auf die Schulter eines Mannes mit gelbem V-Sweater, wie man sich an eine Bar anlehnen würde. Selbst in diesem Maßstab ist zu sehen, wie unterschiedlich Paare ihre Körper im öffentlichen Raum mit vertrauten, schon unbewusst, mechanisch gewordenen Bewegungen einander annähern.

Ein Schriftzug unter dem Zug informierte darüber, dass er in Dongguan in China hergestellt worden war. Wenn man den Waggon bewegte, ertönte das Geräusch einer durch die Tunnel von Manhattan fahrenden U-Bahn. Manchmal rief eine Stimme »Attention, passengers: this is your conductor speaking. The train is about to leave the station. Please stand clear of the closing doors.«

Ein paar der ausgedienten New Yorker »Brightliner« wurden im Atlantik versenkt, um ein künstliches Riff zu bilden; das Transportgerät für Menschen wird zum Habitat für Tiere, nach ein paar Wochen schon tauchen im Inneren der Waggons Fischschwärme auf; Unterwasseraufnahmen zeigen einen still im Wasser stehenden Barracuda dort, wo sich Jahre zuvor noch Fahrgäste an den Stangen festhielten und die Werbung über den Seitenfenstern lasen. Dafür ist aber auch das Meer in den U-Bahnhöfen zugegen, wenn man genau hinschaut. Die glatten Oberflächen des polierten Kalksandsteins und des Travertins in den Haltestellen des A Train, in denen sich die Lichter der einfahrenden Züge spiegeln, sind nicht nur polierte Wandverkleidungen, sondern ein Archiv der Erdgeschichte: Wenn man die Steinplatten aus der Nähe anschaut, dann sieht man die versteinerten Formen von Nautilusmuscheln und anderen, ausgestorbenen Wesen, die im Jura oder im Ur-Ozean Panthalassa lebten. Wer in Manhattan eine Wand berührt, während er auf eine U-Bahn wartet, kommt so mit den Überresten eines Wesens in Berührung, das im Paläozoikum lebte, an dessen Ende es zum größten Massenaussterben der Erdgeschichte kam.

Durch einen rätselhaften Wackelkontakt sprachen die batteriebetriebenen Stimmen aus dem Waggon auch, ohne dass ihn jemand berührt hätte: Mitten in der Nacht, gegen halb drei Uhr morgens, in der Einsamkeit einer Stadt in Montana, in der es nicht mal Linienbusse gab, rief ein verkleinerter Zugführer aus dem 3800 Kilometer entfernten New York in einem Hotelzimmer mit gemalten Cowboys an den Wänden: »This is your conductor speaking.« Es gab keine Möglichkeit, das Ding aufzuschrauben, die Batteriestimme hatte sich verschanzt, je mehr man an dem Spielzeug rüttelte, desto häufiger kam das Geräusch einer mit offenen Scheiben durch einen New Yorker Subway-Tunnel rauschenden U-Bahn.

Leanne ging auf ihr Zimmer, das neben meinem lag. Es war ein großes Zimmer mit einem alten Dielenfußboden und einem Fenster, durch das man auf die Main Street und ein paar Drive-ins schaute. Fast alle Autos waren Pick-up-Trucks. Durch die dünne Wand hörte ich Leanne mit ihrem Freund J. telefonieren. Ich schlief angezogen auf dem hohen, weichen Hotelbett ein und wachte eine halbe Stunde später von ihrer Stimme wieder auf, sie redete stundenlang in unterschiedlichen Tonlagen auf einen Mann ein, der auf der anderen Seite des Landes, ein paar tausend Kilometer südöstlich saß und fragwürdige Dinge erzählte. Auch über meinem Schreibtisch hing eine Jagdtrophäe, der Kopf eines ausgestopften Rentiers. Er hatte beunruhigenderweise nur ein Glasauge, es sah aus, als sei es eine Kamera, und man habe sich nicht die Mühe gemacht, ein zweites zur Tarnung einzubauen, aber das war vermutlich Unsinn, denn wozu sollte jemand in dieses Zimmer hineinschauen wollen.

Ich trat ans Fenster. Draußen war alles im gelben Licht der Straßenlaternen erstarrt, das die Winternacht deutlich wärmer aussehen ließ, als sie war. Auf dem leeren Parkplatz parkte ein goldener Truck aus den siebziger Jahren; er sah aus wie ein Büffel aus Blech. In der Prärie bohrten sie nach Öl. Ich überlegte, ob ich mit dem sprechenden Waggon das tun sollte, was die New Yorker Bahngesellschaft auch getan hatte, nämlich ihn ins Wasser zu werfen, aber auch in der Manteltasche war der Ton so leise, dass er einen nicht mehr aufweckte, sondern höchstens als fernes Echo in die Träume hineinwehen würde.

Am nächsten Morgen fuhren wir weiter nach Süden, Richtung Arlee. Wir kauften für 8 Dollar zwei Coffee to go an der Straßenkreuzung und zwei »Monster Croissant«, die mit Rührei, Schinken, Speck und Würstchen, Kartoffelpuffern und Käse gefüllt waren. Kalispells Main Street sieht immer noch aus wie eine Frontier Town, vor den zweigeschossigen Backsteinhäusern kann man sich Pferde besser vorstellen als Autos. Im Antiquariat neben dem Hotel werden für 9,99 Dollar leere Handgranatenhülsen verkauft, daneben ein Schild: *Please do not take on Airplanes, thank you.*

Es gab auch alte Bücher, eins heißt »Woman of the Rivers. White Water Adventures in the Canyons of the West« und erzählt von den Pionierinnen des Wildwasserfahrens. Ein Foto zeigt eine Frau namens Georgie beim Steuern eines motorisierten Floßes. Der »Flathead Beacon« die lokale Zeitung, berichtet über die Women's Firearm Academy in Kalispell: *Teaching Women How and Why to Shoot.* Die Hauptgründe: Schutz vor Bären und vor Männern. In der Wildnis entstehen andere Rollenmodelle.

Ende Januar 2023 beobachteten Bewohner des nördlichen Montana den Mond, wie er an einem blassen Abendhimmel erschien. Wenig später stellte sich heraus, dass es nicht der Mond war, sondern ein in hoher Höhe das Land überquerender weißer Spionageballon aus China, ein schwebendes, gut 50 Meter großes Auge, das sich für die Atomwaffen der Amerikaner interessiert, die hier lagern: In Montana befinden sich Silos für Minuteman-III-Interkontinentalraketen. Wegen der verbauten künstlichen Intelligenz kann der Ballon Luftströme für sich nutzen und gezielt bestimmte Orte ansteuern. Am 4. Februar, nachdem das stille Auge das gesamte Land überquert hatte, wurde es vom amerikanischen Militär über den Gewässern von South Carolina abgeschossen. Der falsche Mond ging in einer Rauchwolke auf und stürzte ins Meer. Marinesoldaten bargen die schlaffen Überreste aus dem Wasser; jetzt sah er aus wie ein seltsames Wesen aus der Tiefsee.

Über den Bergen hingen Nebelwolken, die Countrysender spielten Crosby, Stills and Nash.

Es dauerte nicht lange, bis uns ein paar Amish People entgegenkamen, mit einer Kutsche, die auf ihren riesigen spinnbeindünnen Rädern bedrohlich schwankte, auf dem Bock saß ein Mann mit Hut und einem langen Bart, die Frauen trugen Hauben, das Ganze sah aus wie ein Museumsdorf oder ein Drehort für einen Film, der im 19. Jahrhundert spielt, oder so, als ob das Zeitkontinuum einen Riss bekommen hätte und sich die Gegenwart wie in der Serie »Beforeigners« durch ein schwarzes Loch in die Vergangenheit gefaltet hätte.

An der Straße warben handgemalte Schilder für Kirschen, *Elk and Buffalo Jerky* und *Huckleberries*. Um den Verkauf dieser Heidelbeeren hatte es Streit gegeben zwischen den Stämmen, die hier lebten, und den Amish People, die sich irgendwann hier angesiedelt hatten, einige sprachen sogar vom *Huckleberry War,* dem Heidelbeerkrieg.

Seit Ewigkeiten hätten die Kinder seines Stammes in den Wäldern Heidelbeeren gesammelt und verkauft, erklärt uns ein Native American, vor allem in Kalifornien, in den Biomärkten dort, zahlten sie viel Geld für ein Körbchen. Aber jetzt schickten die Amish auch ihre Kinder in die Beeren und boten sie als Missionsbeeren in ihren Missions-Märkten an – womit den Stämmen wieder mal eine Einnahmequelle genommen war; die Geschichte schien sich zu wiederholen. Die Amish hätten nicht nur ihre Kinder in die Wälder zum Beerensammeln geschickt, sondern ganze Pflückerarmeen, und bergeweise Beeren, die den Stämmen gehörten, an Bio-Supermärkte in die großen Städte Kaliforniens verkauft. Die Stammesvertreter hätten die Amish daraufhin zur Rede gestellt und klargemacht, dass die Wälder und alles, was sich darin befinde, zum Reservat gehörten, woraufhin die Amish sich hartleibig gezeigt und erklärt hätten, was in Gottes Natur wachse, gehöre allen, also vor allem auch, wenn sie es ernteten, ihnen.

Die Amish People von St. Ignatius in Montana sind die einzigen, die sich in einem Reservat für *Native Americans* angesiedelt hatten. Die Berge, die den Indianern heilig sind, nennen sie Mission Mountains.

Im Jahr 1855 war die Flathead Indian Reservation gegründet worden, in der drei Stämme, die Bitterroot Salish, die Kootenai und Pend d'Oreilles, lebten. Ein halbes Jahrhundert später, im Jahr 1904, hatte dann der US-Kongress den berüchtigten Homestead Act erlassen, der es nicht-indianischen Siedlern erlaubte, sich ebenfalls in den Reservaten niederzulassen und dort so viel Land zu beackern, wie sie zum Überleben brauchten. Seitdem lebten vor allem Amish in der Gegend um St. Ignatius und brauchten sehr viel Land zum Überleben.

Als Salish oder Kootenai gilt heute jeder, der mindestens ein Viertel indianisches Blut, *a blood quantum*, nachweisen kann. Weil es immer mehr interkulturelle Beziehungen gibt, wird die Zuordnung, ob jemand *first nation person* ist oder nicht – eine Frage, die wichtig ist, wenn es um Jagd-, Fisch- und Landnutzungsrechte geht –, immer schwieriger.

Das Reservat, in dem die Salish und Kootenai leben, liegt am Flathead Lake, benannt nach den Binnen-Salish, die früher Plattkopf-Indianer genannt wurden. Einst war ihr Land gut 81 000 Quadratkilometer groß; seit dem Hellgate Treaty von 1855 sind davon nur noch 5000 Quadratkilometer übrig geblieben; Isaac Ingalls Stevens, ein hagerer General mit einer, wie auf alten Fotos zu sehen ist, kastanienförmigen Langhaarfrisur und einem erstaunlich sanften Blick, hatte als Gouverneur des westlichen Washington-Territoriums die einheimischen Indianer zu Verträgen gezwungen, die sie verpflichteten, einen Großteil ihres Terrains abzutreten. Wenn sich die Stämme weigerten, ging Stevens mit seinen Soldaten so brutal gegen sie vor, dass sogar die weißen Siedler sich beschwerten, weil die Gewaltorgien von Stevens' Söldnern das Zusammenleben von Siedlern und Stämmen immer schwerer machten; schließlich sah sich sogar Präsident Pierce gezwungen, Stevens abzumahnen.

Die Straßen wurden schmaler, und wenn sie nicht geteert gewesen wären und ein paar Überlandleitungen die Anwesenheit von Strom verraten hätten, hätte man denken können, man befinde sich im Jahr 1860.

Erst lebten in dieser Gegend nicht viele Amish, aber unter anderem wegen eines Streits zwischen den Ultraorthodoxen, die jede Form von Elektrizität ablehnen, und den Pragmatikern, die im Notfall, wenn jemand einen Herzinfarkt bekommt oder sich ein Bein bricht, auch mal ein Mobiltelefon und einen motorisierten Krankenwagen benutzen würden, kamen vor ein paar Jahren noch mehr. Seltsamerweise können sich alle Amish – auch die, die sich verärgert wegdrehen, wenn man ihnen ein Mikrophon und ein Aufnahmegerät vor die Nase hält – darauf einigen, dass es in Ordnung sei, Flugzeuge zu benutzen statt mit der Kutsche von Montana zu den Verwandten nach Pennsylvania zu fahren. Deswegen gibt es neben den Kutschen und den weißen alten Holzhäusern von St. Ignatius auch einen Flughafen, auf dem kleine Maschinen starten und landen.

Ich parkte den weißen Ford vor dem Mission General Store der Amish, der von außen eine Kompromisslösung zwischen einem modernen Supermarkt und den roten Holzscheunen war, die die Amish in St. Ignatius gebaut hatten, und wo Frauen mit türkisfarbenen Kitteln, grauen Wolljacken und weißen Hauben schweigsam Brot und abgepackte Puten in die Regale stapelten; ein Schild warb für *Fresh Hutterite Grown Turkey*. Nicht weit entfernt lagen das Tribal Health Center und ein Skatepark, der nur von den Kindern der Bitterroot Salish und nicht von den Amish benutzt wird.

Die Frauen, die im Mission Store nahe der Watson Road bedienten, waren schweigsam, sie lachten und redeten nicht und vermieden Blickkontakt. Die Männer trugen die üblichen Umhängebärte und Hüte und führten ein insgesamt schwarzweißes Leben auf ihren Kutschen, mit denen sie morgens mit wackeligen Rädern ihre Kinder zur Schule fuhren, vorbei an der National Bison Range, wo man die Tiere, die die Europäer hier ausgerottet hatten, wieder züchtet und pflegt.

Im Zuge des *Huckleberry Wars* hatten die Salish sich darüber beschwert, dass die Amish alles, was sie umgab, als ein Geschenk Gottes an sie, die Amish, ansahen und nichts davon hielten, das Land, die Berge, die Prärie und ihre Reichtümer als Besitz derer zu sehen, die vor ihnen da waren. Das Bibel-Credo, man möge sich die Welt untertan machen, hatten sie verinnerlicht. Einmal, so wurde es uns in St. Ignatius erzählt, sei es passiert, dass einer von den Amish People mit seiner wackeligen Kutsche auf der Landstraße nach Hause fuhr, als ein paar tätowierte und muskulöse Indianer mit ihren schweren Pick-up-Trucks an seiner Kutsche vorbeidonnerten und ihm eine noch recht volle Bierdose an den Hut schmissen. Aus der Entfernung sah das – zumal, wenn man mit dem Bild wilder Indianer, die die Forts der armen, wehrlosen Siedler überfallen, aufwuchs – so aus wie eine zeitgenössische Version des klassischen Indianerüberfalls oder jedenfalls so, als ob ein paar gewalttätige Rednecks den harmlosen Bewohnern eines Museumsdorfs auf ihren wackeligen Kutschen einen Schreck einjagen wollten – und man musste sich jenseits der Evidenz dieses Bildes klarmachen, wer hier die Aggressoren und die Eindringlinge waren: Die amerikanische Geschichte wiederholte sich. Die Amish räumten selbstbewusst das wenige Land ab, das man den Salish und Kootenai gelassen hatte. Die weißen Kolonisatoren, verkleidet als harmlose Museumsfiguren, taten, was sie immer schon mit den Indianern getan hatten: ihr Land ausbeuten. Doch die Republikaner weigern sich, die Rechte der Native Americans gegen die unter religiösen Hardlinern verehrten Amish durchzusetzen.

Es gibt immer wieder Konflikte in der Region zwischen denen, die dem angehören, was hier First Nation heißt und deren Land sich weit über die amerikanisch-kanadische Grenze erstreckt, und den Nachkommen der Siedler, wobei diese Grenze schon das erste Problem ist. Denn die Grenze zu Kanada ist für viele Mitglieder der Stämme keine Grenze, sondern eine Erfindung derer, die ihnen das Land einst wegnahmen, was heute theoretisch auch von den Vereinigten Staaten und Kanada anerkannt wird, deswegen gibt es einen First-Nation-Ausweis; wenn sie den vorzeigen, sagt Robert McDonald, einst Sprecher der Confederated Salish and Kootenai Tribes und jetzt für das Wasser-Management in den Flathead Reservations zuständig, dürfen sie nicht kontrolliert werden, eigentlich. Die Grenzer machen es trotzdem, weil sie vermuten, dass die Stammesmitglieder ihre Privilegien nutzen könnten, um zu schmuggeln. Er ist nicht gut auf die Regierung zu sprechen, die immer wieder Wege findet, keine Natives als Lehrer einzustellen, weil diese laut Schulbehörde leider »nicht genügend qualifiziert« seien, etwas über die Geschichte Amerikas zu erzählen, wie sie laut Erziehungsministerium erzählt werden muss, weswegen die Erzählung dieser Geschichte an den Schulen eine, nun ja, sehr weiße sei. Ebenfalls nicht gut zu sprechen ist er auf die Amish People, sie seien nicht interessiert an einem Dialog, sagt McDonald, sie machen ihr Ding, sie denken, alles hier sei ihnen von ihrem Gott gegeben, und die Seen, zum Beispiel, die im Reservat, die den Natives gehören – sie werden von den weißen Besetzern leergefischt. Und was ist das für eine Geschichte mit dem Krieg um die Huckleberries? – Die Amish haben solche Pflückgreifer, die ganze Büsche mit ausreißen, sagt McDonald. Die Büsche brauchen Jahre, um zu wachsen. Mit Nachhaltigkeit hat das alles nichts zu tun. Das Verhältnis der Amish, die ihren Traum eines weißen, christlichen Siedleramerikas auf dem Stand von etwa 1860 durchzogen, und der Salish und Kotenaai war schon kompliziert genug, als ein Mann und eine Frau auftauchten, die mit ihrer religiösen Botschaft die Lage nicht einfacher machten.

Es war Linda Pritzker, Erbin des Hyatt-Hotelkonzerns, die ein paar Jahre in Tibet gelebt hatte, wo sie sich den Lama-Namen Tsomo und einen Berater namens Gochen Tulku Sang-ngag Rinpoche zugelegt hatte. Irgendwelche tibatanischen Mönche hatten durch komplizierte kosmisch-geographische Berechnungen herausgefunden, dass die beiden unbedingt ausgerechnet innerhalb des Flathead-Reservats, am Fuße eines für die Indianer heiligen Berges, eine buddhistische Pilgerstätte er-

richten müssen. Binnen kurzem entstand auf dem Land, das Pritzker dort erwerben konnte, der sogenannte »Garten der tausend Buddhas«, der genau das ist, was der Name ankündigt. Pritzker und ihre Freunde hatten allen Ernstes nicht weniger als 1000 weiße Buddha-Skulpturen in mehreren sternförmigen Achsen um den goldenen Hauptbuddha herum aufstellen lassen. Als wir dort eintrafen, sahen wir die braun und weich wie eine schnell hingeworfene Kamelhaardecke im Morgenlicht daliegenden heiligen Hügel des einstigen Indianerlandes und davor ein rotes Tor, auf dem der goldene Schriftzug *Garden of One Thousand Buddhas* prangte. Ein dicker weißer Mann in einem orangefarbenen Gewand schlug einen Gong, der weit über die Prärie hallte.

Zu ihrem Entsetzen mussten Indianer und Amish zusehen, wie in unschöner Sichtweite zu den heiligen Bergen der Stämme – beziehungsweise zur Inszenierung von *Gods own country* in den ästhetischen Grenzen des 19. Jahrhunderts – ein Haufen wohlhabender, zum Buddhismus bekehrter Erben bunte Gebetsfahnen aufspannte und eine von einem Dharma-Rad aus Gipsfiguren umkreiste riesige goldene Buddha-Statue errichtete, die das Land weit sichtbar dominiert.

Am Rand des Geländes hatte ein Farmer die Figur eines Yeti aufgestellt, vielleicht um die Luxus-Buddhisten oder die Kutschfahrer zu erschrecken.

Für den Samstag war eine *Calm Abiding Meditation* angekündigt; auf dem Foto der Werbebroschüre schaute ein Mann mit schwarzem Hut und orangem Kittel wie ein freundlicher metaphysischer Hamster in die Kamera und versprach eine »exploration of one's natural state of mind«, Konzentration und »inner stability«. Ein großes SUV knirschte auf den Kiesparkplatz und setzte eine Gruppe wohlhabender Burnouter aus der Bay Area ab, die hier bei einer Art spirituellem Workout ein paar Tage

Yoga und irgendetwas Innerliches machen wollten. Nach den Retro-Usurpatoren der Kutschfahrer mit den Umhängebärten fiel jetzt die religiös aufgerüstete Wellness-Gesellschaft des digitalen Kapitalismus ins Indianerland ein. Immersion war der Begriff, der Religion und Wellness auf geradezu geniale Art und Weise kurzschloss. Der Garten sei ein »Gegengewicht zu den Negativitäten, die unsere Welt heute bedrohen«, stand auf einem Schild, die kreisförmige Anlage repräsentiere die »essentielle Harmonie des Universums«, und man wunderte sich, ob das Universum am Ende nicht doch etwas komplexer aussehen könnte als ein Kreis aus tausend identischen Gipsfiguren mit einem angeschlossenen Souvenirladen.

Zum ersten Mal konnten Amish und Salish einen gemeinsamen Feind ausmachen (obwohl den Indianern die Esos mit ihren Gipsfiguren relativ egal zu sein schienen, weil sie, anders als die Amish, nicht überall Gipsmissionare aufstellten). Für den Ort bei Arlee war die goldene Figur des Gartens der tausend Buddhas mit seinen flatternden bunten Fähnchen trotzdem ein Ärgernis: Sie verhagelte den Amish die Illusion, das Jahr 1860 im Westen erreicht und sich dabei nicht in Tibet verfahren zu haben; und die Salish hatten – obwohl und gerade weil die Buddhisten alles taten, um ihnen zu erklären, dass sie, die Indianer, eigentlich auch so etwas wie verkappte Buddhisten wären – mit einer neuen Form von Besatzung zu kämpfen. Eine Armee östlicher Götter hatte ein Territorium okkupiert, das sowieso schon von Konflikten um Landnutzung und Eigentumsrechte geprägt ist. Die ganze Welt mit ihren religiösen und ökonomischen Konflikten – militanter Buddhismus, christliches Eiferertum, koloniale Ausbeutung –, all das ballte sich in dieser Gegend, die nur auf den ersten Blick so aussah, als sei genug Platz da für alle.

Die einzige Hoffnung lag darin, dass die Gipsbuddhas die harten Winter nicht gut vertragen würden; sie hatten schon jetzt, nach ein paar Jahren in der Kälte Montanas, sehr tiefe Sprünge und Risse, und vielleicht würden sie in den kommenden endlosen Wintern, in denen so viele Gäste hier fast oder tatsächlich wahnsinnig werden, einfach zu Staub zerbröseln, vielleicht würde der Garten der tausend Buddhas nach dem nächsten harten Winter nur noch ein Garten der 560 Buddhas und ein paar Jahre später ein Garten der 79 Buddhas und dann irgendwann nur noch ein ganz normaler Garten von Niemandem sein.

UN HOMME ET UNE FEMME: PARIS—DEAUVILLE

— WHAT IS THE BEST MOMENT IN »UN HOMME ET UNE FEMME«?
— I LIKE THE SCENES WITH THE CHILDREN IN THEM.

Es beginnt damit, dass ein Mann mit seinem Sportwagen am Strand von Deauville herumfährt. Es ist schon spät. Sein Sohn sitzt auf seinem Schoß. Es ist Winter, die Scheinwerfer des Wagens – ein Ford Mustang – werfen ein warmes gelbes Licht auf den kalten Sand; hinten verschwinden der Pier, die Stadt am Meer im Dunst. Später bringt der Mann das Kind zum Internat; er gibt dem Jungen einen Kuss auf die Stirn, und der Junge fügt sich in das, was kommt.

Auch eine Frau hat ihr Kind aus Paris zum Internat gebracht, aber mit dem Zug, und der letzte Zug von Deauville an diesem Abend ist schon abgefahren. Der Mann nimmt sie in seinem Auto mit zurück nach Paris; so beginnt es.

Der Mann fährt, er erzählt irgendetwas Belangloses. Die Frau schaut in die Landschaft. Man weiß nicht, ob sie traurig ist oder sich ganz wohlfühlt dabei, in die vorbeifliegende Landschaft zu schauen, während der Mann eine beruhigende Geräuschkulisse liefert, indem er irgendetwas redet, um sie zu unterhalten.

Weil die Frau nicht antwortet, redet der Mann weiter, beide schauen geradeaus, der Mann kneift die Augen zusammen, es setzt Regen ein, der Mann schaltet die Scheibenwischer an, und das Gesicht der Frau taucht in den regelmäßigen Abständen des Wischintervalls auf und verschwimmt dann wieder im Regen.

Das Nebeneinandersitzen im Auto führt, wie das Nebeneinandersitzen im Kino oder auch im Café, zu einer ganz besonderen Form von Nähe. Man sieht sich nicht an, kann sich aber einfacher berühren. Man sieht sich nicht, aber hört die Stimme des anderen. Man sieht mehr oder weniger das Gleiche wie der andere: Das Gespräch wird komplizenhafter und, weil man sich so nahe ist, dass man sich nicht sieht, vertrauter.

Die gelben Scheinwerfer sind die einzige Wärmequelle in der grauen Welt. Bis 1993 waren für alle Fahrzeuge in Frankreich gelbe Scheinwerfer vorgeschrieben, es gibt dafür mehrere Erklärungen, eine lautet, dass die Franzosen im Ersten Weltkrieg schon von ferne ihre Wagen von den deutschen unterscheiden wollten, eine andere, dass gelbes Licht den Gegenverkehr weniger blendet – jedenfalls sah die französische Nacht damals anders aus als alle anderen Nächte. Wenn man von Deutschland, wo alle Scheinwerfer so weiß waren wie sonst überall auf der Welt, über den Rhein nach Frankreich fuhr, sah die Nacht durch die tausenden dunkelgelben Scheinwerfer plötzlich wärmer aus und fast unwirklich, wie in einem Traum.

Der Mann am Lenkrad des Autos ist Jean-Louis Trintignant, die Frau neben ihm Anouk Aimée, ein Name, der immer ein wenig wie eine Zauberformel klingt. Trintignant spielt einen Rennfahrer, der ein dunkles Geheimnis hat, sie eine Frau, die um ihren Mann trauert, zunächst versteht man ihr Verhältnis nicht, aber dass beide alleinerziehend sind, kann im Jahr 1966, als der Film gedreht wurde, nichts Gutes bedeuten.

Es ist November und kalt.

Der Mann fährt nach Paris und setzt die Frau vor ihrem Haus ab, dann fährt er weiter nach Monte Carlo und gewinnt ein Autorennen, und die Frau schreibt ihm ein Telegramm, das aus einem Glückwunsch und einer Liebeserklärung besteht, und daraufhin rast der Mann nach dem gewonnenen Rennen zurück nach Paris, wo er erfährt, dass sie in Deauville ist, weswegen er noch mal nachtankt und weiterfährt an den Atlantik zu ihr, und man sieht ihn zum Strand rasen in seinem Auto, das inzwischen aussieht, als sei es durch die Stratosphäre aus dem All in die Welt gestürzt und schon deswegen ein ganz schönes Bild für die vom Leben zerzausten Helden dieses Films liefert und für das, worum es bei guten Autos immer geht – nämlich an einem besseren Ort, in einer besseren Welt wieder auszusteigen, als die, in der man eingestiegen ist. Der Film, der »Un homme et une femme« heißt, ist, wie es der Titel verspricht, ein Film über Frauen und Männer, aber auch einer über das Autofahren allein und zu zweit, und wenn der Film eine These dazu hat, dann lautet sie: Man fährt allein, um irgendwohin oder zu irgendwem zu kommen, man fährt zu zweit, um möglichst nah beieinander zu sein. Man sieht die beiden ins Restaurant gehen, an der Bar stehen, nebeneinander im Auto sitzen, und je länger man ihnen dabei zuschaut, desto merkwürdiger kommt einem all das vor – wie sie sich gegenübersitzen und abwechselnd das Essen vor sich und einander anschauen, wie sie Fleisch schneiden und sich in die Augen schauen und beides ein einziger Akt zu werden scheint. Und dann sitzen sie nebeneinander im Auto und schauen in die gleiche Richtung und reden, was, wie gesagt, vielleicht eine noch

intimere Form des Redens ist; nirgendwo in diesem Film sind sie sich so nahe wie in diesem Moment; als sie ein Hotelzimmer nehmen und sich anschauen, funktioniert die Nähe nicht mehr und wird Entfernung.

Lange Autofahrten sind immer ein Katalysator, entweder kommen sich die Insassen schneller als sonst näher und erzählen sich die privatesten Dinge, oder sie stellen umso quälender fest, dass man sich nichts zu sagen hat. Nach acht Stunden gemeinsamer Fahrt, bei der man sich kaum anschaut, ist man sich entweder sehr nah oder sehr fern.

***

Im Stau auf dem Autobahnzubringer nach Rouen sieht man die Menschen in den anderen Wagen: meistens nur ein Fahrer, der meistens am Mobiltelefon hängt, hier und da auch ein Paar: zwei im BMW, die schweigend in verschiedene Richtungen schauen und garantiert von unterschiedlichen Dingen träumen; zwei in einem alten Toyota, die sich streiten oder jedenfalls heftig gestikulieren; zwei junge Männer in einem Peugeot-Transporter, von denen einer seinen Kopf an die Schulter des anderen lehnt.

Im Stau intensiviert sich das Verhältnis von Nähe und Anonymität, wie es auch die Stadt prägt. Die Blicke in den Wagen nebenan: Man wird aus großer Nähe Zeuge der Geschichten, die sich dort abspielen. Man schaut in fremde Leben, die im Schritttempo auf der Nebenspur vorbeiziehen, man sieht die Fahrer und Beifahrer der anderen Wagen wie in einem Spiegel, der mögliche andere Leben zeigt. Zwei Männer in einem Citroën-Transporter, in der Mitte eine Frau; was ist, zum Beispiel, deren Geschichte? Man möchte das Fenster runterlassen und rüberrufen, hallo, wir haben eine Wette abgeschlossen: Sind Sie Gärtner? Oder Architekturstudenten? Heißen Sie Lucy und Jerome? Nein?

Ein Alfa Romeo 156, weiß, Baujahr 1999, ein Paar Ende fünfzig, er hat eine ergraute Rock-'n'-Roller-Tolle und eine Hand auf ihrer Schulter, sie hat rotgefärbte Haare, sie fummelt an der Lüftung rum und liest »Paris Match«.

Wie die Paare in den Autos sitzen: einige reglos wie auf der Anklagebank, erloschen im täglich gleichen Berufsverkehr. Zwei Männer im Dienstwagen einer, wie der Aufkleber am Heck verrät, Beratungsagentur: beide in die Ledersessel des Autos zurückgelehnt, so dass die Knöpfe der Hemden unter dem Sicherheitsgurt spannen, lachend; unklar, ob sie ein Paar sind oder Kollegen, für die es gerade gut läuft.

Ein jüngeres Paar in einem Elektro-SUV, Marke Audi: er kerzengerade mit durchgestreckten Armen am Lenkrad, mit einer angriffsbereiten, wie vom Sturm geformten Helmfrisur, als wehe im Auto ein sehr starker Wind, Sonnenbrille; sie stellt einen Fuß aufs Armaturenbrett, dort, wo im schlechtesten Fall bei einer Kollision der Airbag herausplatzt. Dass er ihr Bein herunterzieht, könnte ein Zeichen der Fürsorge, der Pedanterie oder des leichten Ekels vor ihren Füßen sein. Aufschrift hinten auf dem Auto: *Sportback E-tron*, wie »elektronisch«. Ein für den französischen Markt unglücklicher Name, *étron* heißt Kothaufen. Die Bezeichnung *Sportback* allerdings beschreibt den Fahrer perfekt, in einem Wort.

Nächstes Auto: Renault 19 Chamade, Baujahr 1994. Ein alter Mann, offensichtlich kurzsichtig, das Kinn fast auf dem Lenkrad, als wollte er den Kopf gegen die Windschutzscheibe pressen, um besser erkennen zu können, was die unscharfen Dinge sind, die da auf ihn zugerast kommen. Die Frau neben ihm, unberührt von dem, was links von ihr vorgeht, in offenbar unerschütterlichem Vertrauen in die Fähigkeiten des Kapitäns, der diesen komfortablen Renault seit Jahrzehnten steuert, lächelnd mit einem Mobiltelefon beschäftigt; beide deutlich über achtzig.

Peugeot 3008, grün, Baujahr 2016, drei Mountainbikes auf dem Dach. Sie sitzt am Steuer und tippt auf ihrem Smartphone, ihr Gesicht von unten blau erleuchtet, wie eine Heilige auf einem Gemälde von Georges de La Tour. Er schaut aus dem Fenster, wo zwei Kühe stehen und ein Kraftwerk. Hinten Kinder, beide mit Kopfhörern, wie Hubschrauberpiloten. Keiner redet. Auf dem Bildschirm des Mädchens weiche Pastellfarben, auf dem des größeren Jungen die grellen Blitze eines Actionfilms. Frage, wer von ihnen kein Fahrrad fährt.

Renault Clio, weiß, Baujahr 1994, die Frau trägt Kopftuch, der Mann Lederjacke, beide lachen.

Porsche Macan, schwarz, Baujahr 2019, Mann fährt, Frau schaut geistesabwesend aus dem Seitenfenster, leicht offen stehender Mund wie unter Schock, Perlohrringe, hellrosa Bluse mit aufgestelltem Kragen, zabaionefarbener Blazer, offenbar eine Bewohnerin einer Welt, in der es nur Pastellfarben gibt außer dem Schwarz des Porsches und dem Schwarz des Jagdhundes, der hinten im Wagen die Heckscheibe vollhechelt.

Opel Zafira, rot, Baujahr 2004, ein Siebensitzer, am Steuer eine Frau mit grauen Haaren, hinten vier leere Sitze und ein weinendes Kind.

Mercedes C 220 d, silbern, Baujahr 2007. Ein sehr kleiner Mann am Lenkrad, vielleicht Anfang siebzig, Schnurrbart, Strickjacke. Im Heckfenster ein Auto-Kartenatlas. Seine Frau, graue Locken, Brille, liest ein Magazin, auf dem zahlreiche Prominente abgebildet sind. Er öffnet das Seitenfenster einen Spalt und lässt die linke Hand herausfallen, die eine glühende Zigarette hält. Ein kurzer Moment des Funkenflugs, wirbelnde glühende Punkte in Pirouetten über dem nachträglich montierten Heckspoiler. Hinten sitzen, versunken, noch kleiner, wie Kinder, zwei uralte Leute, vielleicht ihre Eltern: aus dem Seitenfenster der verstörte Blick dieser sehr alten, vom Leben geschrumpften Menschen in eine Welt, die aus ihrer Perspektive immer wundersamer und unerklärlicher aussieht.

BMW 520, grau, Baujahr 2014. Er hat einen Anzug an, sie ein Kostüm, beides grau, gleiches Grau wie das Auto, man würde vielleicht sagen: anthrazit. Sie trinkt einen grünen Smoothie aus einer Plastikflasche. Sie hat ein Laptop auf dem Schoß. Er eine randlose Brille. Aber er lässt sich Koteletten wachsen, solche wie Macron. Unklar, ob dies ein Paar ist oder zwei Geschäftskollegen. Auf dem Armaturenbrett ein altmodisches Mobiltelefon, das vibriert und sich bewegt, als erwache es gerade zum Leben und wolle tanzen.

Renault Captur, weiß, Baujahr 2018, Fahrer etwa 35, sie daneben, gleiches Alter, beide lange, spitze Nasen, schmale Lippen, als seien sie Geschwister, oder aber ihre Körper haben sich einander angeglichen über die Jahre, er schaut auf sein Mobiltelefon, sie schaut ihn an, sie streiten ganz offenbar, ihre Münder öffnen sich lautlos hinter den geschlossenen Scheiben dieses rollenden Aquariums für Menschen, man ahnt, was sie sagen, pass auf da vorn kannst du bitte nicht texten wenn du fährst es geht weiter du hast schon wieder dein Handy in der Hand kannst du das vielleicht mal *eine* Sekunde was ist denn schon wieder so wahnsinnig wichtig da ACHTUNG das war aber knapp siehst du denn neben dir nicht *ou ou ou* da siehst du den Laster nicht PENG so na bitte das hast du jetzt davon –

Ein paar Autos, in denen nur einer sitzt. Aber jeder textet oder telefoniert, keiner ist still, alle Lippen bewegen sich, während die Fahrzeuge zum Stillstand kommen; das Mobiltelefon besiegt das Automobil.

Als wir in Paris waren, sind wir hinter dem Palais Royal spazieren gegangen, wo es einen Trödelladen gibt, in dem ein nervös zwinkernder Mann Postkarten und Schallplatten und alte Aufkleber und Auto-Verkaufsprospekte aus den siebziger Jahren verkauft.

Wir schauten uns die Prospekte an. Als Kind hatte ich solche Kataloge gesammelt, viele zeigten Männer und Frauen, sie erzählten genau genommen alle kleine Geschichten darüber, wie das Leben aussehen könnte, wenn man diesen oder jenen Wagen kaufen würde.

Wenn man sich aktuelle Autowerbungen anschaut, dann wird dort, von einigen Ausnahmen abgesehen, das Fahrzeug als rein technisches Objekt präsentiert, das irgendwelche abstrakt wirkenden, graumelierten Idealkunden durch die Gegend steuern. Früher war das anders, die Hoffnungen waren größer: Das ganze Leben sollte sich durch den neuen

Wagen verändern. Dementsprechend standen in den fünfziger bis achtziger Jahren im Zentrum der Autowerbungen fast immer eine Frau und ein Mann, der Wagen selbst war sichtbar nur das Vehikel für die Geschichte, die zwischen den beiden losgehen würde. Zu jeder dieser alten Autowerbungen könnte man einen Roman schreiben.

PORSCHE 356. Hier ist die Lage klar: Die Besitzer des roten *Porsche 356* verabschieden sich von Freunden, die zu einer Buttercremetorte in ihr neues Eigenheim bei Osnabrück eingeladen hatten. Er ist Arzt oder Architekt mit einer Vorliebe für Flugdächer oder hat ein Sägewerk geerbt. Sie ist Illustratorin und Mannequin. Klar zu sehen ist die leichte Arroganz gegenüber dem, was außerhalb ihres Porsches zu sehen ist. Hinter der nächsten Kurve wird er sagen: Oh Gott, war das langweilig bei den Spießern!

FIAT MULTIPLA. Seltsames Auto, seltsame Geschichte: Die Großraumlimousine auf *Fiat-600*-Basis parkt hier irgendwo in den Bergen. Während die Frau schon die Skier untergeschnallt hat, zögert der Mann noch, auszusteigen, und schaut respektvoll-ängstlich zu, was die Frau macht, während seine Hand das Lenkrad fluchtbereit umklammert. Fragen kommen auf: Warum fahren die beiden einen Siebensitzer? Will man mit einem so ängstlichen Mann fünf Kinder bekommen? Oder ist dies nur der Fahrer des Winterhotels, in dem die Dame abgestiegen ist – für wen ist dann aber die andere Skiausrüstung? Und was ist die Botschaft: *Fiat Multiplas* werden von Angsthasen gefahren, die selbstbewusste Frauen transportieren müssen? Eine völlig rätselhafte Werbung.

TRIUMPH SPITFIRE. British Leyland lieferte eine ganze Foto-Romanze zum Thema: »Frau hat mit ihrem Fahrrad eine Reifenpanne, Landlord im gelben Spitfire kommt und nimmt sie mit.« Der Werbetexter schreibt im Katalog zur Bewerbung des Sportwagens keine technischen Daten, sondern einen Groschenroman über einen Mann und
eine Frau, der jedem Psychotherapeuten Stoff für eine Sitzung zum Thema Auto und Männlichkeit liefert: »Durch einen unbeschreiblichen Zufall wohnten beide im gleichen Ort in verschiedenen Pensionen«, beginnt der Auto-Autor seine Geschichte. »Jeden Morgen rief er sie an, und sie fuhren den ganzen Tag zusammen ins Grüne. Es war unbeschreiblich, wie der Spitfire half, die beiden einander näherzubringen – er gab ihnen ein überwältigendes Gefühl der Freiheit, fast schon Vertrautheit miteinander. Er erinnerte sie an so vieles. Der Tag, an dem er, von einem Sturm überrascht, aus den Bergen zurückfuhr, den Wagen mit sicherem Blick durch die endlosen Haarnadelkurven steuernd. Wie sie dasaß, ihn ruhig betrachtend, seine Fahrweise bewundernd.« Er fährt, sie bewundert: »›Was für ein Wagen ist das?‹, fragte sie. ›Ein Triumph‹, sagte er, ›ein Triumph Spitfire 1500.‹ – ›1500. Das hört sich enorm an.‹ – ›Es ist enorm‹, sagte er und gab Gas. ›Wow!‹, rief sie aus, ›ich fange an, ihn wunderbar zu finden.‹ Sie kuschelte sich in ihren luxuriösen Sitz, warf ihre Schuhe von sich und grub die Zehen in den dicken Bodenbelag. ›Ich fange an, ihn sehr gern zu haben.‹ Dies war nicht nur der Beginn fantastischer Ferien, es war der Anfang von allem.«

Im echten Leben war das Bodenblech von Britisch-Leyland-Produkten meistens schon weggerostet, bevor sich irgendwelche Zehen irgendwo hineingraben konnten, und Spitfire-Fahrer waren froh, wenn sie auf dem Gepäckträger einer Italienerin bis zur nächsten Werkstatt mitgenommen wurden. Aber Autokataloge sind eben, wie schon gesagt, Werke der Fiktion.

ALFA ROMEO GIULIETTA 1300. Hier versteht man nicht ganz, warum der Typ mit dem Alfa in den Park direkt vor die Bank gefahren ist. Die Frau

scheint aber erfreut. Nur worüber? Dass hier ein stattlicher Mann in einem schönen blauen Wagen stürmisch bis direkt vor ihre Bank brettert, um sie anzusprechen? Oder kennen die beiden sich schon? Und was sagt der Mann mit dem Mafiahut? »Ciao, Bellissima, der Boss hat angerufen, ich muss kurz den Corrado umlegen, bin gleich wieder da«?

ALFA SPIDER. Drei Jahrzehnte später ist die Lage in der Alfa-Werbung auch nicht übersichtlicher: Will der Herr mit der schwarzen Helmfrisur, der die schöne Gestreifte am Kinn krault, sie zu einer Fahrt in seinem Alfa-Cabrio überreden – oder will er sie auf

sein Boot locken, und sie lächelt so wissend, weil das IHR Alfa ist, mit dem sie gleich, ein letztes Doppelnocker-Röhren ausstoßend, fliehen wird?

PEUGEOT 304 BREAK. Allerdings sind nicht alle Paare glückliche Paare: Bei Peugeot muss die Frau die schweren Sättel allein aus dem Kombi hieven, während der dazugehörige Gatte mit entnervtem Gesichtsausdruck schon auf seinem Pferd sitzt und sichtbar keine Anstalten macht, ihr zu helfen (1979).

***

Eines der schönsten Bücher des Architektenpaars Peter und Alison Smithson zeigt nicht ihre Gebäude; es heißt »AS in DS«, ist 1983 erschienen und versammelt Zeichnungen und Texte, die über Jahre seit 1972 entstanden waren, als beide in ihrem Citroën DS von London zu ihrem Ferienhaus bei Salisbury fuhren – Peter saß am Steuer, Alison zeichnete und schrieb eine Art Roadbook, eine Mischung aus Beobachtung der Landschaft, Live-Inventur aller sichtbaren Dinge und *Stream of Consciousness*, eine Erzählung über England und die Moderne, aus dem Cockpit des damals immer noch modernsten Autos.

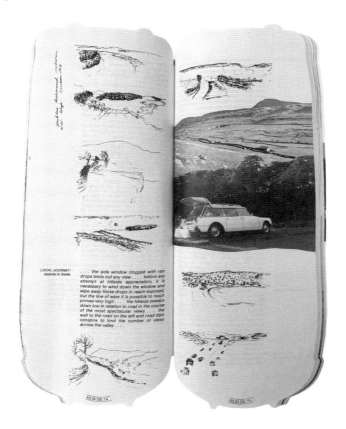

***

Leanne zeigt mir das Bild ihres britischen Onkels, der in den sechziger Jahren mit einem Jaguar an der Rallye Monte Carlo teilnahm.

∗ ∗ ∗

Im Film gewinnt Trintignant die Rallye Monte Carlo. Anouk Aimée schreibt ihm ein Telegramm – Glückwunsch, sie liebe ihn. Er fährt daraufhin in seinem Rennwagen vom Mittelmeer quer durch Frankreich durch heftige Regenschauer mit Vollgas, eingeschalteten gelben Nebelscheinwerfern und schlagenden Scheibenwischern, durch ein Meer von Wassertropfen, die alles in einem fraktalen Gefunkel auflösen, nach Paris, findet die Absenderin des Telegramms dort nicht mehr vor und rast weiter nach Deauville, wo er sie im Morgenlicht auf der Strandpromenade mit den Kindern antrifft.

∗ ∗ ∗

Ein Paar Jahre vor Trintignant fährt, ebenfalls in einem amerikanischen Wagen, aber in einem gestohlenen, Jean-Paul Belmondo in dem Film »À bout de souffle« vom Mittelmeer nach Paris, erschießt dabei einen Polizisten und hat in Paris ein paar großartige Tage mit einer Amerikanerin, die ihn später an die Polizei verrät. Wie die meisten antiken Sagen geht auch diese Geschichte schlecht aus. »Un homme et une femme« ist das Gegenteil, lange von Traurigkeit durchzogen wie vom Nebel über der Seinemündung, ist er am Ende einer der wenigen Filme dieser Zeit mit einem Happy End.

Ein paar Jahrzehnte vor Trintignant und Belmondo, im Jahr 1922, fahren auf der gleichen Strecke zwei Männer in einem alten Renault MT Torpedo nach Paris. Die Männer sind Schriftsteller: Ernest Hemingway und Francis Scott Fitzgerald. Sie fahren in Fitzgeralds altem Renault, und sie werden sehr nass, weil Zelda, Fitzgeralds Frau, das Verdeck des Wagens hat abmontieren lassen; sie fand den Wagen ohne das lästige, hässlich zusammengefaltete Verdeck schöner. Hemingway schreibt in »Paris, ein Fest fürs Leben«: »In der Werkstatt, in der Scott das Auto abgegeben hatte, stellte ich zu meiner Verwunderung fest, dass der kleine Renault kein Verdeck hatte. Das Verdeck war beim Ausladen des Wagens in Marseille beschädigt worden, jedenfalls war es irgendwie in Marseille beschädigt worden – Scott erklärte das etwas undeutlich –, und Zelda hatte verfügt, dass es ganz entfernt und nicht ersetzt werden sollte. Seine Frau könne Autoverdecks nicht ausstehen, erklärte mir Scott, und sie seien ohne Verdeck bis nach Lyon gefahren, wo sie wegen Regens hätten haltmachen müssen.«

***

In vielen Filmen, in denen Paare Auto fahren, verrät die Art, wie sie nebeneinandersitzen, ihre Entfremdung. Sie schauen sich nicht an, sie schauen in verschiedene Richtungen aneinander vorbei. In »Un homme et une femme« ist das Nebeneinandersitzen im Auto der Moment der größten Nähe; man sieht zusammen, wie im Kino, wie, wenn man nebeneinander im Café sitzt, das Gleiche im gleichen Moment, kann sich über die entgegenkommende Welt gemeinsam verständigen. In »Viaggio in Italia« endet die Kälte erst, als die beiden das Auto verlassen, sich im Getümmel der Menschenmenge auf einem italienischen Stadtfest verlieren und schließlich einander in die Arme fallen. In »Un homme et une femme« nehmen die beiden sich ein Hotel; als sie auf dem Bett liegen, ist die fraglose Nähe des Nebeneinandersitzens, das Fortgerissenwerden durch das Auto vorbei; im Moment des Stillstands im Hotel, Auge in Auge, überrollt beide eine Welle schmerzhafter Erinnerungen an ihre Partner, denen sie im auf Paris zurasenden Auto hatten entkommen können.

In Deauville: Der kleine Bahnhof, an dem der Film spielt, unverändert seitdem, sieht eher wie ein Bauernhof aus, an den sich für ihn überraschend von hinten eiserne Kühe auf Schienen herangeschlichen haben. Über dem Meer hängt Nebel. Die stolz gestreiften Fachwerkhäuser, mittendrin das Hotel Le Normandy, daneben die weniger edlen Apartementburgen im normannischen Stil: spitze Türme, steile Dächer, als hätte man an allem kräftig gezogen, um es höher aussehen zu lassen. Ein Restaurant hat noch geöffnet, die beschwingte Neonschrift »Barbara« leuchtet gegen die Kälte des spätherbstlichen Tages an. An einem Haus steht »Bienvenue en Normandie«, darunter das Schild eines marokkanischen Restaurants: »Le Berbère«. Vor dem Berbère parkt ein Peugeot 404, der Traumwagen des bürgerlichen Frankreich in den sechziger Jahren, den man später lange noch auf den Pisten Nordafrikas sah. In den leergefegten Straßen leuchtet ein Louis-Vuitton-Laden, dessen Fenster man in ein altes Fachwerkhaus gebrochen hat. Eine Tafel erinnert an den Rennfahrer Jean-Pierre Wimille, der sich 1940 der Resistance anschloss, ein Kind mit Christiane de la Fressange, der Tante des Models Inès de la Fressange, bekam und 1949 bei Testfahrten in Argentinien starb. An dieser Stelle gewann er am 19. Juli 1936 den Grand Prix de Deauville auf einem Bugatti. Das war zwei Tage, nachdem General Franco in Spanisch-Marokko putschte und der Spanische Bürgerkrieg begann; in Bayreuth wird »Lohengrin« aufgeführt, in Barcelona startet, als Gegenveranstaltung zu den Olympischen Spielen in Berlin, die Volksolympiade, die wenig später wegen des Bürgerkriegs abgebrochen werden muss. Dreißig Jahre später spielt Trintignant an der gleichen Stelle in Deauville den Rennfahrer Jean-Louis Duroc.

Ich ging an den endlosen Reihen von Umkleidekabinen entlang, die den Strand von der Stadt trennen und an deren monotonen Türen schon die Kamera von Lelouch entlanggleitet.

Jede Kabine trägt den Namen eines Filmstars: Man kann sich bei James Franco umziehen, Robert Mitchum, Dino de Laurentiis oder in Chow Yun-fat.

Es herrscht Ebbe, das Meer liegt weit draußen, ganz hinten sieht man ein paar Schaumkronen, zwei Reiter ziehen vorbei. Ein Laden, *Articles de Plage,* zugenagelt, geschützt vor den Winterstürmen bis zur nächsten Saison. Der Sand ist feuchter, härter und dunkler als weiter unten an den Atlantikstränden, man könnte hier jetzt Auto fahren, wie Duroc mit seinem Sohn; die Sonne steht so tief, dass die Möwen lange Schatten werfen. Zwei Leuchtfeuer, eins rot und eins grün. Jemand hat die Büsche vor dem Normandy in geometrisch perfekte Formen schneiden wollen, aber der Wind hat sie schon wieder zerrupft. Man sieht das Casino, von dem Robert Capa gesagt hat, es sehe aus wie ein enormer Elefant, dessen Mund vom Morgen bis zum Morgen des nächsten Tages offen steht, man sieht, am Ende des dunklen, bei Ebbe endlosen Strandes, das Lichterband der Industriestadt Le Havre. Oberhalb von Trouville, mit Blick auf die raue See und die Seinemündung, hat einer eine Villa gebaut, die an das Veneto, an Italien erinnert.

***

Vor der Brasserie Drakkar steht ein neuer Ford Mustang, auf der Fahrertür steht: »Investieren oder wohnen im Village d'artistes von Claude Lelouch – 14 normannische Villen mit Panoramablick, www.levillage-dartistes.com«. Der Film, der vom möglichen Glück in der totalen Kälte eines Winters in der Normandie handelt, wird als Mythos vermarket.

***

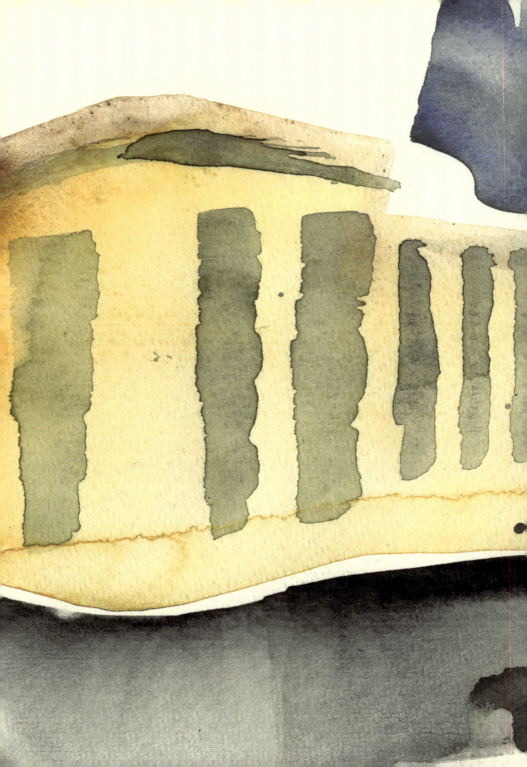

Es ist überhaupt untypisch, dass die Momente des Glücks in einem französischen Film in der Kälte, im Norden stattfinden; dass einer freiwillig vom Mittelmeer über Paris in die Normandie rast, um jemanden zu sehen. In den meisten Filmen läuft die Sehnsucht andersherum; wer so etwas tut, dem muss es ernst sein mit dem, was im Norden zu finden ist.

***

Leanne schickt mir meistens keine Textnachrichten. Sie schickt Fotos oder selbstgemalte Bilder, oft unkommentiert, ich schicke ihr Fotos zurück. So ergab sich ein Gespräch in Bildern.

W: *A New York City street*
M: *Buenos Aires street, take form a moving car*

W: *Feet on sidewalk*
M: *US Customs and Border protection receipt*

W: *Papier-maché sphere*
M: *T-shirt with Utopia written on it*

W: *Coffee*
M: *Booth in recording studio*

W: *Orange peel*
M: *Still of bus scene from The Graduate*

W: *Still of Anne Hall's Volkswagen in Montauk*
M: *Older couple at breakfast in hotel*

W: *Autumn leaves*
M: *Child jumping mid-air over bed*

W: *Party hat*
M: *Scene from architecture convention*

W: *Image of The Glass House*
M: *Postcard of a hotel swimming pool*

W: *Chess pieces*
M: *Childs Halloween costume*

W: *Childs Halloween costume*
M: *Cocktails on Parisian café table*

W: *Image of a cake*
M: *View of New York from New Jersey*

W: *Hyacinths*
M: *Lake at dawn*

W: *Small seashell in palm of hand*
M: *Bar at dusk*

W: *Cocktail Napkin from Bar Basso*
M: *Image of sunken living room*

W: *Fog*
M: *Children with giant tower of blocks*

W: *Pancakes*
M: *Ugly print in hotel room*

W: *Watercolor of flowers*
M: *Office*

W: *Cake in the shape of a duck*
M: *Studebaker avanti in driveway*

W: *Tin of peanuts*
M: *View of Hydra*

W: *Blueberry muffin lit with birthday candles*
M: *Translation of Heidegger poem*

W: *View of East River, New York*
M: *Clams on a grill*

W: *Child sleeping*
M: *Friend eating fingerling potatoes*

W: *Dollhouse*
M: *Bonfire*

W: *Annie Albers textile*
M: *Bauhaus toy*

W: *Leaves*
M: *Elephants at watering hole*

***

Es gibt eine Szene, in der Trintignant, in einem dicken Winterpullover, wie immer in diesem Film, raucht, als müsse zwischen ihm und der Frau eine weitere Feuerstelle gegen die existenzielle Kälte errichtet werden; selbst die Kamera geht immer wieder so dicht an die beiden heran, an ihre Gesichter, Hände und Rücken, als wäre ihr sonst zu kalt.

Sie reden darüber, warum man sagt, *das ist wie Kino*, wenn man meint, es sei nicht ernst zu nehmen, weil nicht real. Weil das Kino hier den größten Vorwurf gegen sich selbst entkräftet, kann man ihn nicht mehr gegen den Film wenden; so schützt er die großen Emotionen gegen den protestantisch verdrucksten Vorwurf, man habe es hier mit kitschnahen Szenen zu tun.

Irgendwann sitzen Anouk Aimée und Trintignant nicht mehr distanziert nebeneinander im Auto; er lenkt, sie liegt, die Arme um ihn gewickelt, mit auf dem Fahrersitz, als sei das Glück darstellbar durch das Verlassen der Einzelsitze; sie fahren mit offenem Verdeck durch überflutete Straßen, als sei das Auto ein Boot – alles ist etwas verschoben, im Morgendunst milchig unscharf oder im Regen bis zur Unkenntlichkeit zerflossen; ein Karussell dreht sich, die Kamera taumelt um eine Umarmung herum, den ganzen Film hat der grippale Zustand ergriffen, als den Jean-Philippe Toussaint schleichende Verliebtheit bezeichnet. Die Filmmusik von Francis Lai hat die gleiche neblige Mischung aus Melancholie und leise sich ausbreitender Zuversicht.

Vor dem Bahnhof steht ein graumetallicfarbenes Citroën-DS-Cabriolet, ein seltenes, teures Auto aus den frühen siebziger Jahren; eine Frau in Skinny Jeans und sommerlichen Sandalen steigt aus. Alles an ihr wirkt, als ob sie den nahenden Winter hartnäckig ignorierte oder von ihm überrascht würde. Der Citroën DS markiert einen wichtigen Moment in der Geschichte der »Mythen des 20. Jahrhunderts«, Roland Barthes widmete ihm als Erster einen Essay: Früher, als die Autos noch eher wie Kutschen aussahen, und noch weit bis in die dreißiger Jahre, wurden sie oft mit einer Kühlerfigur dekoriert, die die Qualitäten des Autos verkörpern sollte und, unerreichbar, im immer gleichen Abstand zum Lenkrad vor dem Fahrer schwebte. Mit der DS, abgekürzt für *Dé-esse,* was Göttin heißt, wird die Trennung von metaphorischem Körper und Karosserie aufgehoben, das Objekt selbst ist jetzt eine Göttin, ein Körper mit Hüften aus Blech, Knochen aus Metall und Augen aus gelb leuchtendem Glas.

***

Im Handschuhfach des Mietwagens erwarten einen keine Überraschungen. In einem so alten Auto wie dieser DS, die vielleicht jahrzehntelang von einer Person gefahren wurde, lagern sich die Spuren des Lebens der Fahrerin oder des Fahrers wie Sedimentschichten ab.

Vor ein paar Jahren, als ein älterer Herr starb, fanden die Erben seines zuletzt kaum noch bewegten Autos im Handschuhfach, unter den Sitzen und in den Seitenfächern der Türen:

- eine Tube Delial-Sonnencreme, haltbar bis 10. August 1989;
- drei Eintrittskarten für einen Freizeitpark in Frankreich, *2 adultes, 1 enfant*;
- ein von Sonnencremeresten verklebtes Kinderbuch;
- eine Sonnenbrille, Marke Ray Ban, mit gebrochenem Gestell;
- den abgerissenen Teil einer Schachtel Erfrischungsstäbchen;
- ein Brillenputztuch, Aufdruck: *Optiker Hentsch, 2000 Hamburg 20*;
- einen handgeschriebenen Zettel, »bin in 5 Minuten zurück«;
- einen ausgelaufenen Kugelschreiber;
- einen Varta-Straßenatlas, darin das Foto einer Frau, Aufschrift *Merry x-mas, I love you*;
- zwei Eintrittskarten zum Abiturball 1991;
- die Broschüre des Vogelparks Soltau, darauf Zeichnungen eines Kindes;

- ein Serviceheft, erste große Inspektion durchgeführt am 18. Oktober 1985;
- eine schwarze, zusammengerollte, mit roter Soße oder Marmelade bekleckerte Krawatte;
- die Einladung zu einer Hochzeit in Stuttgart, Restaurant Wielandshöhe, *Dresscode festlich*;
- die Haarspange einer Frau;
- Nasenspray Marke Ratiopharm;
- Honigbonbons;
- eine leere blaue Wasserflasche, Aqua Morelli, Sparkling/frizzante;
- eine Todesanzeige für eine adlige Person: *hat es unserem Herrn gefallen, soundso heimzuholen, die Bestattung fand im engsten Familienkreis statt*;
- die schwarze Dose eines alten Kodak-Films;
- den John-Updike-Roman »Der verwaiste Swimmingpool«, darin, offenbar als Lesezeichen, eine Piniennadel;
- einen Parkschein aus Mailand, gültig bis 16 Uhr am 15.6.2001;
- eine blauweiße Kachel, Aufschrift Rückseite: *Muster*;
- einen Strafzettel, *Tatvorwurf: Sie parkten nicht in der durch das Verkehrszeichen angegebenen Art der Anordnung*;
- eine Kassette: Patty Pravo, »I Grandi Successi«;
- ein Brillenetui, Marke Lacoste;
- eine Betriebsanleitung für eine mobile Kühlbox der Marke Mobicool;
- einen Aral-Tankbeleg, Gesamtsumme – in D-Mark – nicht mehr genau lesbar;
- eine Benachrichtigung der Post, darauf der Abdruck einer Kaffeetasse: *Eine persönliche Zustellung war am 28.9. um 10:53 Uhr leider nicht möglich. Abholung am nächsten Tag möglich.* Angekreuzt: *Heute jedoch nicht.*

***

Wir kaufen ein Sandwich an der Tankstelle. Auf dem Rückweg regnet es wie im Film. Die Gelbwesten-Demonstranten haben alle Radarkameras zerstört, man kann schneller fahren als sonst. Rundherum Wiesen, das Idyll der Apfelbäume des Calvados, die reglosen Kühe im Regen, die grauen Schieferdächer, dann wieder Industrieanlagen, aber vor allem das alte, ländliche Frankreich. Wie lange es das noch geben wird, ist unsicher. Jeder fünfte Schweinebauer gibt auf, jeder zehnte Milchbauer auch, die Preise sind im Keller, wenn für Schweinefleisch nur 30 Cent pro Kilo mehr gezahlt werden würden, könnten auch die kleinen Bauern überleben, in Frankreich gibt es noch um die 400 000 Höfe, in Deutschland viel weniger, in Spanien gibt es fast nur noch Massentierhaltung, ein durchschnittlicher Betrieb hat über tausend Schweine. Was nach Landidyll aussieht, sind Massensiedlungen für Schweine. Jeder dritte Bauer, berichtet »Le Monde«, verfüge über gerade mal 7700 Euro pro Jahr, die Selbstmordrate liegt doppelt so hoch wie in der übrigen Bevölkerung. Das idyllische, hügelige Land, 1966 noch intakt, ist nur noch Ruinenlandschaft. Wo damals der perfekt amerikanisierte Trintignant mit seinem Mustang durchrauschte, blockieren jetzt Traktoren die Straßen, die Confédération Paysanne du Calvados hat zu Protesten aufgerufen gegen den Verfall der Preise. Die Frauen der Bauern tragen schwarze Tücher als Zeichen der Trauer. Es gibt kaum noch junge Bauern, 40 Prozent sind über 45 Jahre alt, die Zahl der Landwirte insgesamt sank zwischen 2012 und 2020 um 100 000 Bauern.

✱✱✱

Vor Paris, auf dem Teilstück der Autobahn, auf dem man schon die Spitze des Eiffelturms sieht, Stau. Idee für einen Kurzfilm: Ein Mann und eine Frau stehen am Hotelfenster, als auf ihrer Höhe eine Drohne entlangfliegt und kurz mit einem surrenden Ton auf der Stelle verharrt. Die Frau nutzt diesen Moment, um einen Apfel aus der bereitstehenden Schale auf die Drohne zu werfen. Sie trifft; wenig später liegt die Drohne, das Kameraauge in den Himmel gerichtet, mit gebrochenen Propellern wie ein erlegtes Wild im Gebüsch. Der Mann, stolz auf das Jagdgeschick seiner Frau, hält ihr den anderen Apfel hin, man weiß nicht, ob zum Essen oder zum Werfen.

* * *

Botschaften einer Stadt: Vor dem Haus, vor dem Trintignant Anouk Aimée absetzt, herrscht heute Parkverbot. Auf dem Seitenstreifen steht in schwarzen Buchstaben auf gelbem Grund »Livraison« – nur für Lieferwagen. Ein Auto hat so geparkt, dass nur *Raison* zu lesen ist, Vernunft.

Auf der gegenüberliegenden Seite ist ein Radweg markiert worden, dort steht VELO, Fahrrad.

Jemand hat ein zweites VE hinter dem LO ergänzt.

* * *

Später im Antiquariat in der Rue de Médicis ein Stapel alter Bücher über die Steinzeit.

Wenn man ihnen glaubt, dann machten die Männer und Frauen in der Steinzeit ziemlich genau das, was die Kleinfamilien des 20. Jahrhunderts, in dem die Bücher gezeichnet wurden, auch taten: Er geht mit den Kollegen zur Arbeit (Speere bauen, Mammut fangen), sie kümmert sich um den Haushalt (Kinder füttern, Beeren pflücken, Felle aufhängen, Höhle putzen).

»Offensichtlich gibt es eine verbreitete Gewissheit, dass man die sozialen Verhältnisse in der Urgeschichte kennt, dass die übliche Beziehungsform die heterosexuelle Zweierbeziehung war, die dann in biologische Kleinfamilien mündete ... und dass es auch eine bestimmte Rollenteilung gab, dass nämlich der Mann der Ernährer, Versorger war, während die Frauen Hausfrauen, Mütter und Gattinnen waren«, sagte Brigitte Röder, Professorin für prähistorische Geschlechterforschung, Ur- und Frühgeschichte an der Universität Basel, einmal in einem Interview mit dem Deutschlandfunk. Die Urzeitforschung ging lange selbstredend davon aus, dass Urgeschichte nichts anderes gewesen sein konnte als eine ruppigere und haarigere Version der eigenen Gegenwart. Aber was, wenn das alles nicht stimmt? Heute kann man bestimmen, dass die Handumrisse, die neben den Bildern von Tieren in den Höhlen von Lascaux und Altamira auftauchen, auch die Hände von Frauen abbilden. Haben sie die Tiere gezeichnet, und haben sie sie zeichnen können, weil sie eben doch bei der Jagd dabei waren, in den großen Horden, als die sie zusammenlebten und alles gemeinsam taten?

In den Höhlen der Steinzeit findet man Bilder von jagenden Menschen, die weder als Mann oder Frau erkennbar sind, nur als Menschen; von Geburten und manchmal sogar das Bild eines Pferdes, das den Kopf nach hinten dreht, als ob es wüsste, dass etwas hinter ihm liegt, etwas vergangen ist: das Bild eines Gefühls von Zeit. Was die Steinzeitkunst nicht kennt, sind Bilder von Paaren. Vielleicht, weil es keine gab.

VIAGGIO IN ITALIA: ROM—NEAPEL

— WHAT DO YOU LIKE ABOUT »VIAGGIO IN ITALIA«?
— THE STORY IS AN ADAPTATION – A POOR ADAPTION –
OF THE DEAD BY JAMES JOYCE. I LOVED THAT INGRID BERGMAN
IS A MIDDLE AGED WOMAN, AND SO BEAUTIFUL AS SUCH.
I ALSO LOVED NAPLES AND POMPEII AS A BACKDROP TO THE
IDEAS OF MARRIAGE.

Er sagt: *Dove siamo?* – Wo sind wir?

Sie sagt: Ich kann es dir nicht sagen. So fängt es an. Sie sind irgendwo, auf der Landstraße zwischen Rom und Neapel, mitten in den Sumpfgebieten, die Mussolini trockenlegen ließ und die immer noch sumpfig und flach aussehen. Sie fährt, er sitzt auf dem Beifahrersitz. Sie trägt einen Pelzmantel mit hohem Kragen, er ein Tweedsakko und Krawatte. Sie fahren mit geschlossenem Verdeck. Es ist kalt, die Bäume, die man draußen am Rand der Landstraße sieht, sind kahl. Dort fährt ein rußigschwarzer Zug nach Norden; es ist das Jahr 1953, der Zweite Weltkrieg ist noch keine zehn Jahre vorbei.

Er fragt sie, ob er fahren dürfe; er schlafe sonst ein. Sie halten und wechseln die Plätze. Jetzt fährt er.

In der Landschaft stehen Werbeschilder für Kaffee: Motta.

Sie fahren ein Bentley-Cabrio, Nummernschild XHY 247.

Sie reden nicht. Insekten knallen auf die Windschutzscheibe. An einer Kreuzung zwei Schilder: Napoli links, Latina rechts.

Man sieht im Dunst den Monte Circeo, den Berg der Zauberin Circe, an dessen Fuß einst Odysseus gestrandet sein soll.

Die Kamera wackelt bei jeder Bodenwelle; es ist, als säße man selbst am Lenkrad dieses Bentleys mit einer schweigenden Person auf dem Beifahrersitz, der Kinosessel wird jetzt zum Fahrersitz, die Person auf dem Sitz daneben zum Beifahrer. Dieser Kurzschluss zwischen Publikum und Leinwand war 1954, als der Film in die Kinos kam, etwas Neues; in seinem »Brief über Rosselini« schreibt Jacques Rivette, mit »Viaggio in Italia« sähen alle anderen Filme plötzlich alt aus.

***

Roberto Rossellinis »Viaggio in Italia« ist ein Film über die Kälte. Alex und Katherine, gespielt von George Sanders und Ingrid Bergman, fahren durch Italien nach Neapel, wo sie die Villa eines verstorbenen Onkels geerbt haben. Sie haben keine Kinder, ihre Ehe ist gescheitert. Die Schauspieler geben sich Mühe, zu zeigen, dass dieses Paar am Ende ist, sie schauen aneinander vorbei, er macht zischende, böse Bemerkungen, sie schaut kalt und schön, und manchmal würde man gern wissen, wie es denn kam, dass sie ihn überhaupt geheiratet hat, ob er netter war oder sehr freundlich gefragt hatte und gerade kein anderer da war, oder ob sie irgendetwas an ihm sehr attraktiv fand – man erfährt es aber nicht.

Die Sitzposition eines Paares im Auto kann man so oder so lesen: als Ausdruck der Distanz, die den Blickkontakt vermeidet und beide sehnsüchtig in verschiedene Richtungen nach draußen schauen lässt, als könnten sie es nicht erwarten, den klaustrophobisch engen Blechkäfig zu verlassen, oder, wie in »Un homme et une femme«, als Moment größerer Nähe, in dem man zusammen in eine Richtung schaut und sich nicht sieht. Um sich anschauen zu können, braucht man einen Mindestabstand, damit das Auge den anderen scharfstellen kann; im Auto ist es nicht das distanzierende Auge, das den anderen wahrnimmt, sondern das Ohr, die Hand, die anderen Sinnesorgane.

Es wird Nacht – jetzt erscheint hinter der Windschutzscheibe Neapel, das Gefunkel der Autoscheinwerfer und der Leuchtreklamen. Sie parken vor dem Hotel Excelsior.

Sie sagt: *Andiamo al bar.*

Wo immer die Kamera an ihre Gesichter heranzoomt, ihnen ins Hotelzimmer folgt, zeigt, wie er leicht die Augenbrauen hebt, wenn er ihr antwortet, liegt über allem eine Atmosphäre kalter Lähmung. Der Grund für diese Lähmung wird lange nicht angesprochen, er taucht erst nach und nach aus dem Dunst auf, wie die dunkle Silhouette des Vesuvs – er wollte Kinder, sie nicht, jedenfalls nicht mit ihm.

Im Film heißen die beiden mit Nachnamen Joyce, wie James Joyce, dessen Kurzgeschichte »The Dead« die Matrix dieses Films liefert. Auch »The Dead« erzählt vom Gefühl einer Lähmung – davon, wie die Vergangenheit und die Geister der Toten das private Glück ebenso blockieren wie den gesellschaftlichen Fortschritt. Joyce erzählt von einem Abend, an dem eine Frau namens Gretta bei einem Lied, das gesungen wird, an ihre Jugendliebe denken muss. Der Mann starb schon mit siebzehn an der Schwindsucht. Gretta erzählt ihrem Mann davon; der kommt daraufhin zu der Einsicht, dass niemand seiner Frau je näher war als dieser Tote, und dass er selbst vielleicht immer nur ein Ersatz für diesen früh verschwundenen Mann war.

In Neapel angekommen, gehen beide aus und treffen Freunde aus England, sie nehmen ein paar Drinks, Alex scherzt mit Frauen herum, als sei alles noch offen, als könne alles noch beginnen; Katherine ist verletzt, er reagiert kühl. Sie verbringen die Nacht in der geerbten Villa und schauen auf den Vesuv, den lebenden, todbringenden Berg.

Wie bei Joyce erinnert sich Katherine an eine frühere Liebe, einen Dichter namens Charles, der mittlerweile gestorben ist. Alex macht sich über dessen Gedichte lustig, und man spürt die untergründigen Verletzungen – der Grund für die Kälte und den Sarkasmus, den sich Alex antrainiert hat, liegt darin, dass Katherine vielleicht mit Charles ein Kind gewollt hätte. Alex hatte sich immer ein Kind gewünscht, während seine Frau davon nichts wissen wollte, mit ihm eins zu bekommen; jetzt sind beide zu alt, noch mit ein bisschen Zeit vor sich, vermutlich, aber auch viel Zeit hinter sich, schon auf halbem Weg ins Totenreich, und jedenfalls an einem Punkt, an dem er mit ihr keine Kinder mehr haben kann – höchstens mit einer anderen. Im Film wirken beide viel älter als Gleichaltrige heute, und zu alt, um noch Kinder zu bekommen: Dabei ist Sanders, als der Film in die Kinos kommt, Ende vierzig, Bergman gerade Ende dreißig.

Das Kind, das es nicht gibt, schwebt wie ein Geist über dem Film.

Katherine geht ins Museum und schaut sich antike Statuen an, die mit leeren Augen zurückschauen. Sie betrachtet eng umschlungene Paare, Liebesszenen aus dem untergegangenen Pompeji.

Nach einem Streit fährt Alex nach Capri, Katherine nimmt den Wagen und fährt nach Cumae; durch die Windschutzscheibe fällt ihr Blick auf Mütter mit Kinderwagen, auf Schwangere: Überall sieht sie Aufbruch, Beginn, *gute Hoffnung*, wie es damals bescheidener hieß, bevor man dazu überging, nicht mehr in Anerkennung all dessen, was in einer Schwangerschaft schiefgehen kann, davon zu sprechen, man sei »guter Hoffnung«, sondern dem Schicksal im Befehlston mitzuteilen, man »erwarte« ein Kind.

Katherine fährt zum Vesuv, Alex geht allein trinken und trifft sich mit verschiedenen Frauen. Als sie sich im Hotel Excelsior wiedersehen, beschließen sie nach einem weiteren Streit, sich scheiden zu lassen. Der Verwalter der Villa, die sie geerbt haben, taucht auf und nimmt sie zu einer Ausgrabung nach Pompeji mit, wo die Überreste eines vom Vulkan überraschten Paares freigelegt werden. Es kauert dort seit vielen Jahrhunderten eng umschlungen, man weiß nicht, ob die beiden von der Lava des Vulkans überrascht wurden oder ob sie sich entschlossen hatten, in dieser Position auf ihr Ende zu warten.

Die Nähe der Toten erschüttert Katherine; auf der Rückfahrt nach Neapel sagt sie ihrem Mann plötzlich, dass auch sie beide zusammen ein Kind hätten haben können. Eine Prozession blockiert die Straße; sie steigen aus dem Wagen aus, verlieren sich in der Menschenmenge und finden sich am Ende wieder; statt schweigend nebeneinanderzusitzen, stehen sie sich zum ersten Mal wirklich gegenüber.

»Viaggio in Italia« ist auch ein Film darüber, wie der Anblick jahrtausendealter Kunst, von lange schon Toten, ein totes Gefühl zum Leben erweckt: ein Film über eine Berührung über tausende von Jahren hinweg, eine ästhetische Belebungsenergie – was ja das Erstaunlichste, fast Gespenstische an antiken Skulpturen ist, man kann in ein beliebiges Museum für römische Kunst gehen und sieht aus der Entfernung nur eine steif dastehende Dame der römischen Gesellschaft, zum Beispiel hier .

Sabina, die Frau von Kaiser Hadrian, Großnichte Trajans, mit ihrer abgebrochene Nase und ihrem leeren Marmorblick: Aber wenn man zum Beispiel hinter diese Skulptur tritt, entdeckt man, wie der Bildhauer die feinen Nackenhaare, eine unkontrolliert aus der Hochsteckfrisur herausfallende, jetzt am Hals festklebende Locke mitmodelliert hat – und dieser Ausbruch aus der idealisierten Form ist es, was der Marmorfigur eine fast gespenstische Lebendigkeit gibt und von der Hitze eines Sommers im Jahr 121 nach Christus erzählt, vom Gefühl des schwitzenden Körpers unter einer Toga, der Kühle des Eiswassers, das über die Aquädukte aus dem Apennin in die überhitzte, stinkende Stadt am Tiber fließt, in der gerade die Eingangshalle von Neros Domus Aurea abgerissen wird, um dem größten Tempel Roms Platz zu machen, dem Tempel von Roma und Venus.

∗∗∗

Wir hatten uns in Rom verabredet, um nach Neapel zu fahren. Weil Leanne erst am Nachmittag in Fiumicino landete, fuhr ich durch die Stadt.

An der Piazza Bologna hingen die Jalousien und Vorhänge, mit denen die Römer in den heißen Sommermonaten ihre Balkone vor der Sonne schützen, schlaff herunter.

In einer Seitenstraße parkte ein alter Fiat 500.

Der Besitzer hatte ihn so geparkt, dass auf der Seite seiner Fahrertür enorm viel Platz war, der Fahrer des Autos rechts daneben aber unmög-

lich in seinen Wagen kommen konnte. Es war nicht der einzige Fiat 500, den ich so parken sah.

Am Campo Marzio hatte ein schwarzes Exemplar seinem Nachbarn auf ähnliche Weise die Tür verrammelt.

Gab es eine Verschwörung der Fahrer alter Fiats, die Besitzer schwererer, größerer Autos nicht mehr in ihre Fahrzeuge hineinzulassen? Wollten die renitenten Fahrer der kleinen Fiats sie so vom Unsinn ihrer übergewichtigen Panzer überzeugen?

Frage an den Besitzer des Restaurants »Da Franco«: Was es mit dem boshaft geparkten blauen Fiat auf sich habe? Antwort: Dies sei das Auto des steinalten Dottore Chiarelli, eines berühmten Pathologen, der lange an einer römischen Klinik tätig war und viele dubiose Todesfälle aufklären konnte, Vater dreier Kinder, wohnhaft in der Via Stamira, seit Jahrzehnten Fahrer dieses winzigen Autos.

Chiarelli sei ein sehr spezieller Typ: Er lege auch Stapel alter Zeitungen auf dem Parkplatz vor seinem Haus aus, um dort später zu parken – und wenn seine Tochter zu Besuch komme, stelle er seinen kleinen Fiat lange vor ihrer Ankunft kunstvoll so quer, dass das winzige Auto zwei Plätze blockiere und er beim Eintreffen der geliebten Tochter seinen Wagen nur kurz zurücksetzen müsse und ihr so immer einen prachtvollen Parkplatz direkt vor seinem Haus bieten könne. Umso erboster sei er über alle Parkenden, die sich auf seinem Lieblingsparkplatz breitmachten, wenn er einmal keine Zeit gehabt hatte, Zeitungen auszulegen.

Später, Jahre danach, sah ich den Fiat von Dottore Chiarelli noch hier und da parken. Irgendwann bewegte er sich nicht mehr, die Reifen verloren ihre Luft, der Lack wurde stumpf, Chiarelli war gestorben; schließlich ließ seine Familie die Ruine des kleinen blauen Fiat abtransportieren.

***

Das Abendlicht spiegelte sich im Tiber, die Zypressen und die Pinien waren jetzt schwarz, der Himmel dahinter blassorange. Ich hielt an einem Kiosk, der überfüllt war mit Zeitungen, Souvenirs und Spielzeug, als sei er ein extrem starker Magnet, der all diese Dinge angezogen hat. Es gab dort unter anderem drei Kalender zu kaufen: einen mit dem Schauspieler Gregory Peck in »Vacanze Romane« auf dem Cover, den Gladiatori-Romani-Kalender (junge Römer verkleidet als antike Kämpfer mit freiem Oberkörper) und den »Calendario Romano« (junger Priester, weißer Kragen, schwarzer Talar).

»Seit er sich Gott als Frau vorstellte, war ihm etwas unwohl, und er war sich nicht mehr so sicher, ob sie ihm alles, was er getan hatte, verzeihen würde.«

***

Wo immer man in Rom unterwegs ist, waren lange vorher schon viele andere da. Hier zum Beispiel nahm im Jahre 44 vor Christus, gut einen Monat vor der Ermordung Cäsars, dessen Vertrauter Marcus Antonius an einem Lauf zu Ehren des römischen Herdengottes Faunus teil, dem man den Beinamen Lupercus, der »Wolfsabwehrer«, gegeben hatte und dem in Rom am Palatin eine heilige Grotte gewidmet war; die Lupercalien waren ein Fest der Fruchtbarkeit, bei dem die Befruchtung der Felder, der Natur und der Menschen gefeiert wurde.

Später wird Marcus Antonius Quästor in Rom, lässt sich von Antonia scheiden und heiratet Fulvia, eine emanzipierte und politisch interessierte Frau. Im Winter des Jahres 42 vor Christus reist er als Privatmann nach Griechenland und Kleinasien und wird der Geliebte Kleopatras. Laut Plutarch veranstalten beide »Bankett und Ulk« und laufen nachts verkleidet durch Alexandria, um den Einwohnern Streiche zu spielen.

Nach der Ermordung Cäsars wird Marcus Antonius einer der mächtigsten Männer Roms und mit Octavian und Lepidus Teil des Triumvirats. Er bekommt mit Kleopatra drei Kinder, Alexander und Kleopatra Selene, geboren 40 v. Chr. – die später, zehn Jahre alt, nachdem sein ehemaliger Verbündeter Octavian ihn bei Actium in einer Schlacht besiegt, als menschliche Trophäen nach Rom gebracht werden sollen –, sowie Ptolemaios. Als ihn die falsche Botschaft vom Tod Kleopatras erreicht, stürzt er sich in sein Schwert; Kleopatra folgt ihm wenige Tage später. Sehr viele Liebesgeschichten der Antike enden damit, dass sich die Liebenden töten oder mindestens einer stirbt: Pyramus und Thisbe; Venus und Adonis; Orpheus und Eurydike, Hero und Leander – und sehr oft sind Missverständnisse der Grund, warum einer sich umbringt (wie später auch bei Romeo und Julia oder Tristan und Isolde). Eine Ausnahme ist Rhetor Longus' Geschichte von Daphnis und Chloe; hier ist am Ende ausnahmsweise einmal alles gut, aber im Allgemeinen mochten die Römer Happy Ends nicht so gern.

***

Auf der Piazza Farnese bilden zwei gepanzerte Militärwagen eine Straßensperre, Soldaten stehen mit Maschinenpistolen davor; man hätte die Terrorgefahr fast vergessen.

***

Irgendwann tauchte Leanne auf. Bevor wir nach Neapel fuhren, aßen wir bei Giggetto ein paar frittierte Artischocken. Vor dem Restaurant bohren sich zwei Säulen aus der Antike in die Gegenwart, wie die Reste eines Wracks am Strand nach einem Sturm.

Über dem Campidoglio, im Schein der Flutlichtanlagen, die es nachts beleuchten, kreisten hunderte von Möwen, die im Flutlicht Insekten jagten, und erinnerten daran, wie nah das Meer ist.

Wir fuhren durch die vielen kleinen Tunnel der Viale del Muro Torto, die sich zwischen dem Park der Villa Borghese und der alten aurelianischen Stadtmauer halb unter der Stadt hindurchbohrt, und weil Leanne eine Unterlage für ihre Bilder brauchte, hielten wir in Nomentano vor einer Pizzeria an; sie holte sich einen Pappkarton, den man zum Einpacken von Pizzen nimmt, er diente, am Armaturenbrett befestigt, als mobile Staffelei.

Wir fuhren aus der Stadt nach Süden, vorbei an der Pyramide des Cestius, vorbei am Bahnhof von Ostiense, über die Via Marmorata, wo in der Antike der Marmor vom Fluss in die Stadt transportiert wurde. Leanne malte die überwucherten antiken Mauern, die Pflanzen, die in den breiten Ritzen zwischen den flachen Backsteinen wachsen. Die Reflexionen der Straßenlaternen im Lack der Motorhaube. Das Rauschen in den offenen Fenstern.

Das Dickicht der Antennen auf den rötlichen Wohnblöcken.

Die großen Pinien mit ihren endlos langen, dünnen Stämmen, die die Straße beschatten. Pinien sind, jedenfalls phänotypisch, mit den Giraffen verwandt, den eng geschnittenen Anzügen und Abendkleidern und den großen Frisuren. – *Broccoli trees*, sagte Leanne zufrieden und malte ein paar schwarzgrüne Bögen aufs Papier.

Wenn es die Revolution von Filmen wie »Viaggio in Italia« war, verwackelte, unmittelbare Bilder aus einem fahrenden Auto zu machen und so dem Publikum das Gefühl zu vermitteln, selbst im Auto, am Lenkrad zu sitzen – wäre eine Malerei denkbar, die die Erschütterungen, die Stimmungen des Moments auf der Fahrt durch die Landschaft ebenso unmittelbar festhält? Wenn Leanne im Auto malt, läuft in schnell gefahrenen Kurven manchmal die Aquarellfarbe quer über das Blatt. Die Farbe stellt dann nicht mehr einen Berg, einen Fluss, eine Pinie dar, sie dokumentiert wie die Kurve eines Seismographen eine Bewegung, eine Erschütterung. Die Aquarelle sind Zwitter aus Darstellungen des Gesehenen und Aufzeichnungen der Fahrt selbst.

Die Pinien sahen sehr trocken aus, der Klimawandel machte ihnen besonders zu schaffen. Leider sind hässliche Bäume wie Pappeln viel besser für die Zukunft gerüstet. Rom sah hier verwunschen ländlich aus, der Wind wehte über die Ruinen, das Gras wucherte, die weißen Marmorstücke sanken weiter in die schwarze Erde.

Wir tankten den Wagen. Neben der Tankstelle parkte ein alter Alfasud. Einmal hatte ich, als als ich in Rom lebte, einen solchen Alfasud gefahren.

Der Wagen war braun – das heißt, er war früher einmal braun gewesen, bevor sein Dach und seine Außenspiegel in den langen römischen Sommern ihre Farbe verloren hatten, und der Beifahrersitz war vollkommen zersessen und zerfetzt, als habe ihn jemand mit einem Messer bearbeitet. In den wenigen Monaten, in denen ich damals mit dem Wagen durch Rom und weiter bis zum Monte Argentario fuhr, dachte ich immer wieder darüber nach, was auf diesem Sitz passiert sein musste; jemand sehr Schweres musste dort gesessen und ihn ausgebeult haben, bis der Stoff riss; danach musste jemand ihm mit einem Messer tiefe Schnitte beigefügt haben. Oder war es andersherum – hatte jemand (vielleicht in einem Wutanfall auf die Person, die normalerweise dort saß) auf den Beifahrersitz eingestochen und danach jemanden kennengelernt, der etwas dicker war? Was war das für ein Paar, das in diesem Wagen herumgefahren war (denn offenbar war dieses Auto über längere Zeit von mindestens zwei Personen benutzt worden), welche Geschichte verbargen die Spuren? Ich stellte mir streitende und wechselnde Partner vor, dicke und dünne Römerinnen und Römer, alte und junge, ich suchte den Wagen nach Beweisen ab, der Aschenbecher zeugte von einem starken Raucher, die abgewetzte Seitenwange des Sitzes von schwerem Körperbau, im Handschuhfach lagen Indizien für ein langsam heranwachsendes Kind, eine fast verblichene Eintrittskarte für einen Erwachsenen und ein Kind in einen Freizeitpark, die Papiertüte eines Eises der Marke Antica Gelateria del Corso, eine zerblätterte Schulausgabe von Italo Calvino.

Später sprach mich ein älterer Nachbar auf der Via Tiburtina an, auf der ich an der Ecke zur Via degli Etruschi wohnte. Er hatte den Wagen wiedererkannt. Er hatte einer älteren Dame gehört, die manchmal ihre Enkel damit zur Schule fuhr. Sie besaß einen großen Hund, einen Bobtail, der, auf dem Beifahrersitz hockend, immer nervös mit den Pfoten zu scharren begann, sobald sich das Auto in Gang setzte.

Ich erzählte Leanne, während wir uns auf der Strecke, die das Ehepaar Joyce im Film genommen hatte, durch den Stau aus der Stadt hinausbohrten, von diesem Auto und dem Geheimnis des gemetzelten Beifahrersitzes, ich erzählte ihr von der Sprachschule in Prima Porta, in der ich damals Italienisch gelernt hatte, sie war später dichtgemacht worden, weil der Sprachlehrer – ein eleganter Mann Mitte fünfzig mit einem feinen Schnurrbart – Sprachschülerinnen überredet hatte, nach dem Ende des Sprachkurses für ein paar Wochen mit ihm in seinem alten Ford Transit nach Tunesien in die Wüste zu fahren, oder zumindest spätabends durch Rom. Seine Frau, die auch unterrichtete und ansonsten an Autobahnen ausgesetzte Hunde einsammelte (es war offenbar eine Unsitte der Römer, Haustiere vor den Sommerferien einfach auszusetzen), war gut zehn oder fünfzehn Jahre jünger als er und von ihm sichtbar nicht mehr so begeistert; während er vor allem Sprachschülerinnen nach Hause fuhr oder zum Abendessen einlud, machte sie das Gleiche mit den männlichen Studenten, die sie mochte. Einmal fuhren wir zu viert in ihrem alten Fiat durch Rom. Die Sprachlehrerin trug eine dunkle, zu große Sonnenbrille mit einem rötlichen Farbverlauf und kurvte energisch durch den Feierabendverkehr an der Porta Pia, sie schimpfte und lästerte über die schönste Teilnehmerin des Sprachkurses, eine schwarzgefärbte, sehr dünne Romanistikstudentin mit einem sehr schmalen Gesicht, die zur gleichen Zeit im Transit auf einer anderen Route durch die Stadt gefahren wurde.

***

Leanne malte die alten Steine der antiken Stadtmauer, flache Backsteine, die ganze antike Stadt war aus diesen Steinen gebaut worden, die halb so hoch sind wie ein moderner Backstein. Sie sagte kein Wort. Dafür redete das Navigationssystem, *Piu avanti tenete a sinistra*, sagte eine computerisierte Frauenstimme so knarrend, als sei sie selber ein von intelligenten Einzellern bevölkerter Teil des Motors. Immerhin duzte das System den Fahrer nicht. Es war März, die Bäume waren noch kahl, wie im Film.

Wir fuhren auf der Stadtautobahn, die einmal im Kreis um Rom herumführt. Das Jahr, in dem »Viaggio in Italia« gedreht wurde, war auch das Jahr, in dem das erste Teilstück dieser Autobahn zwischen Flaminia und Tiburtina eröffnet wurde.

Der Grande Raccordo Annulare ist eine gut 68 Kilometer lange Autobahn, die jeweils sieben Meilen vom Kapitol entfernt einmal um Rom herumführt. Der unübliche Name für eine Ringautobahn verdankt sich der Tatsache, dass man ihn GRA abkürzen kann, und Gra wiederum war der Name des Ingenieurs, der sich leidenschaftlich für eine solche Ringautobahn einsetzte: Eugenio Gra wurde 1886 als einer von zehn Brüdern geboren; nach dem Krieg war er Kabinettschef unter Arbeitsminister Giuseppe Romita und später dann der erste Generaldirektor der nationalen Straßenbehörde Anas. Weil man Straßen in Italien nicht nach einer Person benennen kann, die noch keine zehn Jahre tot ist, und weil Gra erst 1973 starb, war die Abkürzung ein guter Trick, sich selbst zu verewigen (seit 1988 hat die Stadt Rom immerhin eine kleine Piste bei Aurelio nach ihm benannt, nicht im Zentrum, eher an der Peripherie, die er mit seinem Ring prägte).

***

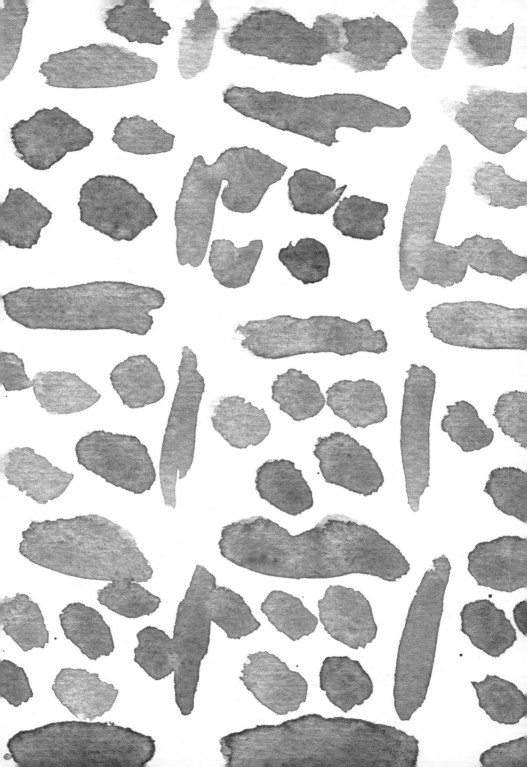

»Viaggio in Italia« ist auch ein Film über das Italien vor der Industrialisierung der Nachkriegszeit; es gab damals noch keine Autobahnen und auf der Landstraße müssen die Joyces immer wieder anhalten, weil Viehherden von einer Weide auf die andere getrieben werden. Es gibt keine Schnellzüge, auf dem Land sind noch Eselskarren unterwegs. Die Fahrt nach Neapel, zu den Stätten der Antike, ist also auch eine Fahrt in die Vergangenheit, in eine vormoderne, seit Jahrhunderten unveränderte Welt, in der die Motoren die Tiere und Stahl und Glas und Plastik Holz und Stroh noch lange nicht abgelöst haben: Der Film hält mit dem Jahr 1954 den letzten Moment fest, bevor die globale Konsummoderne zuschlug, die Menschen aus der Armut riss und die Umwelt an den Rand des Kollapses brachte.

Normalerweise ist die Stadt in archäologischen Schichten aufgebaut, das Älteste liegt unten, die jüngeren Schichten oben. An dieser Stelle, wo sich die antike Via Appia und der GRA kreuzen, ist es umgekehrt: Man hat den GRA im Boden versenkt, in einen Tunnel tief unter der alten römischen Straße. Oben hört man die Zikaden und den Wind, wie zu Zeiten der alten Römer – unten grollt die Moderne mit Motorenlärm und Lastwagengeheul und Sirenen, wie eine Erinnerung aus der Zukunft des Verkehrs, der auf der antiken römischen Straße einmal begann.

Den GRA besiedelt eine paradoxe Mischung aus Betonruinen, Baumärkten, Einrichtungshäusern und schweren Fahrzeugen, die zum Häuserbau gebraucht werden und die hier schon länger darauf warten, auszurücken; vielleicht hocken sie aber auch da wie mechanische Geier, bereit, all das Halbgebaute wieder einzureißen.

Als »Viaggio in Italia« gedreht wurde, entstanden gerade die ersten Supermärkte am GRA und an der Landstraße nach Neapel und zerstörten die kleinen Dorfläden und die Obststände an den Pisten: Sechs Jahrzehnte später zerstört der Onlinehandel die Supermärkte.

Die Werbeplakate vor einem verlassenen Supermarkt-Parkplatz zeigten ein Paar, das offensichtlich mit dem Bestellen von Dingen im Internet beschäftigt war; er trug einen gepflegten Bart, sie halblange Haare und eine Apple Watch. Beide lungerten auf einem türkisfarbenen Sofa herum und lachten in den Bildschirm hinein, dessen kaltblaues Licht ihren Gesichtern das Aussehen von Menschen gab, die aus einem Fenster in eine lebensbedrohlich kalte, leere Eiswelt hineinschauen.

* * *

Am Straßenrand eine Werkstatt, davor Autos mit entstellten Kühlerfratzen, herabhängenden Blechrüstungen, die Opfer des täglichen Kampfes auf den schmalen Schnellstraßen.

Alles sieht mit Pinien davor besser, feierlicher, bewegter aus.

Man sieht den religiösen Bauwerken an, dass die katholische Kirche nach dem Zweiten Weltkrieg glaubte, auch der Glaube brauche moderne, aufregende Formen. Die Kirchtürme und Dächer, die man auf dem Weg links und rechts der Straße sieht, erinnern an Raketenabschussbasen und andere Objekte, die die Moderne erfand, um dem Himmel näher zu kommen.

Einige der Kirchtürme wurden mittlerweile tatsächlich zu Sendemasten umfunktioniert; man bekommt keine Absolution mehr, aber schnelles Internet.

* * *

Wir verpassen die Ausfahrt und drehen am Tiber, Uscita 28, um. Ein Schild: Via del Mare. Der Tiber fließt unbegradigt, zwischen Büschen und Feldern in Richtung Meer. Der Verkehr staut sich. Auch im Sommer 1979 staute sich hier der Verkehr – die Römer fuhren ans Meer, aber nicht, um am Meer zu sein: Sie fuhren zum größten Lyrik-Festival der Welt, am Strand bei Ostia, zum Primo Festival Internazionale dei Poeti bei Castel Porziano, tausende Besucher hatten sich versammelt, um Gedichte zu hören, offenbar gab es eine Zeit, in der Gedichte den gleichen Effekt haben konnten wie ein Rockkonzert, als sie Massen auf einen Strand am Meer treiben konnten, das Ganze erinnerte eher an ein italienisches Woodstock, LeRoi Jones trug unfassbar akrobatischen, gewehrsalvenartig Worte widerholenden Slam vor und erntete rauschenden Beifall, Allen Ginsberg trat auf, einmal gab es auf der Bühne eine Schlägerei, fast immer ein Gedrängel; Andrea Andermann hat einen Film über die Tage am Strand gedreht, in den Lautsprechern klingen die Gedichte wie politische Parolen, einmal springt ein Nackter ins Bild, der gerade aus dem Wasser kommt, mehr als einmal buht das Publikum weniger glückliche Poeten von der Bühne, und in diesen Momenten wirkt das Poesiefestival, das die feinen Nuancen und Tonverschiebungen dem großen Publikum eröffnen wollte, dann auch plötzlich wie eine Nacht im Kolosseum, wo die Verurteilten vor aller Augen von den Bestien gefressen werden, Flaschen fliegen, Ginsberg, der mit anderen Dichtern Heroin genommen hat, singt »OM«, um die entfesselten Massen zu beruhigen, was nicht so richtig gelingt. Jeder Poet hat sieben Minuten, eine lange Zeit, wenn Flaschen fliegen, eine Ewigkeit, wenn man, unsicher im Sattel, gegen die Menge anreiten muss. Peter Orlovsky liest »America, Give A Shit«, Ginsberg, im weißen Hemd und schwarzer Krawatte, singt den »Father Death Blues«.

Knapp fünf Jahre vorher, am 1. November 1975, schießt an der gleichen Stelle, an der sich der Verkehr jetzt staut, ein Alfa Romeo GTV vorbei in Richtung Ostia. Am Steuer sitzt der Filmemacher Pier Paolo Pasolini, auf dem Beifahrersitz der siebzehnjährige Giuseppe Pelosi. Pasolini hat ihn gegen halb elf Uhr abends am Termini-Bahnhof kennengelernt. Sie waren zusammen im Biondo Tevere essen, einem Restaurant im Süden Roms, mit Blick auf einen überwucherten Steilhang, der hinunter zum Fluss führt; aus den Polizeiakten weiß man, dass Pelosi Spaghetti mit Öl und Knoblauch aß und Pasolini ein Bier trank. Um 23.30 Uhr fuhren beide nach Ostia, wo Pasolini von Pelosi laut Polizeiakten verlangte, ihn mit einem Holzstab zu penetrieren. Pelosi wehrt sich, wenig später ist Pasolini tot. Pelosi wird um 1.30 Uhr morgens in Pasolinis Alfa Romeo von einer Polizeistreife wegen überhöhter Geschwindigkeit angehalten.

Vor Gericht gab er zu, Pasolini erschlagen und ihn dann auf der Flucht mit dessen Auto überfahren zu haben. Die forensische Untersuchung von Pasolinis Körper kam dagegen zu dem Schluss, dass Pasolini das Opfer einer Attacke durch mehrere Personen geworden sein muss. Pelosi wurde 1976 »zusammen mit unbekannten anderen« wegen Mordes verurteilt, aber der Fall wird in regelmäßigen Abständen immer wieder aufgerollt und nie wirklich gelöst.

Noch einmal 2000 Jahre vor Pasolini fuhren hier, an dieser Stelle auf der Via Osteniensis, Ochsenkarren voller Amphoren und Holzkisten in Richtung Meer. Auf dem Tiber muss man die Boote gesehen haben, die flussaufwärts zum Hafen segelten, der sich dort befand, wo heute der Tempel des Hafengottes Portunus steht. Es ist einer der schönsten Tempel Roms, schmaler und kleiner als alle anderen Tempel; wenn Tempel wachsen könnten, dann sähen sie in ihrer Jugend, bevor sie groß und muskulös und schwer werden, so aus wie dieser.

Der Tempel verhält sich zu den großen Tempeln wie Portunus im Vergleich zu Neptun, er ist ja ein eher schmalerer Gott, nicht zuständig für das offene Meer, die hohen Wellen und den Sturm, sondern bloß für das Hafenbecken und die Türen, für Port und Portal sozusagen, weswegen sein Zeichen der Schlüssel ist. Portunus war eine der ältesten römischen Gottheiten; als man in Rom noch nicht viel mit dem Meer zu tun hatte, hatte man schon den kleinen Hafen am Tiber und brauchte einen Gott, der auf ihn aufpasste. Am Fest des Portunus, am 17. August, warf man alte Schlüssel ins Feuer – auch eine Art, Türen hinter sich zu schließen und den sicheren Hafen zu verlassen. Später hielt man den Tempel für den der Fortuna Virilis, der seltsamerweise als männlich markierten Göttin des Schicksals. Am Wasser verschwimmen die Gegensätze.

Ich hielt an, um zu tanken, Leanne saß, eingemauert zwischen Farben, Wasser zum Pinselreinigen und dem Pizzakarton, auf dem Beifahrersitz und beobachtete die Gegend.

Auf dem leeren Parkplatz lagen ein paar schon verrostete Einkaufswagen im Gras; offenbar war die Halle dort hinten mal ein Supermarkt gewesen. Auch die Angestellten der Tankstelle hatten diese Welt offenbar verlassen.

Der Kiosk, in dem früher der Tankwart saß, war von innen mit Pappen abgeklebt und von außen mit einem Brett vernagelt worden; man musste erst die Kreditkarte in einen Automaten stecken, bevor man tanken konnte. Diese Welt wurde nur noch von Automaten bevölkert.

Etwas später tauchten dann an der Bushaltestelle doch noch ein paar Menschen auf; ein paar Jugendliche, die vor dem geschlossenen Einkaufszentrum Energydrinks tranken, die sie in einem Automaten neben der Tankstelle gekauft hatten.

So sah es heute dort aus, wo Bergman in »Viaggio in Italia« an Bauern und Eseltreibern Richtung Neapel fährt – das Zukunftsband, das damals entstand, hatte sich in eine Sammlung von Ruinen der Moderne verwandelt, die größtenteils nur noch von Automaten bevölkert wurden.

***

Einen Film zum ersten Mal zu sehen ist so ähnlich, wie zum ersten Mal in eine Stadt zu kommen, man sieht nur einen Bruchteil, übersieht Details, ist überrannt von den Eindrücken: Wenn man ihn zum zweiten Mal sieht, beginnt man, sich zurechtzufinden, und irgendwann fühlt man sich darin zu Hause und erkennt auch an den Orten, wo er gedreht wurde, alles wieder, als wäre man selbst schon oft dort gewesen und hätte nun, wo man zum ersten Mal dort ist, ein seltsames Déjà-vu.

***

Wir fuhren weiter Richtung Neapel. Links neben der Straße sah man die Sabiner Berge. Dort lag Olevano, das Dorf, in dem eine Generation deutscher Freilichtmaler sich um 1820 traf, um die Malerei grundlegend zu verändern. Wenn etwa Heinrich Reinhold Olevano malte, dann ist die Hitze mindestens ebenso das Thema wie das Dorf: Er will nicht mehr bloß eine sommerliche Landschaft, sondern das Sommerliche selbst malen – das verbrannte Gras, die trocken bröckelnden Felsen, die knorrigen Olivenbäume, den Ginster, das Tal im weißen Hitzedunst, die aufziehenden Wärmegewitter, die heftige körperliche Erfahrung der stehenden Hitze zwischen den ermattet zusammengedrängten Häusern; wenn man Friedrich Nerlys Gemälde anschaut, dann sieht es aus, als sei der Staub eines Augusttages mit auf die Leinwand geweht, als speichere der Keilrahmen die Hitze, in der das Bild entstand.

Die Maler von Olevano malen nicht mehr mühselig jede Falte eines Kleides. Wie ein Schnappschuss halten sie mit schnellen Strichen einen Moment fest, oft bleibt ein Teil der Leinwand weiß, als sei das Bild selbst ein antiker Torso, dessen restlichen Körper sich der Betrachter ausmalen muss. Heinrich Reinholds »Blick auf Olevano« ist aber auch ein Blick auf einen Kontrast – dem zwischen dem Bergdorf und der Ebene des Sacco-Tals, zwischen Romantik und dem Realismus der industriellen Moderne. Es waren die Romantiker, die sich in die unwegsamen, unbrauchbaren, unübersehbaren, von der Moderne nicht besiedelbaren Terrains der Berge zurückzogen. Das flache Tal, die begradigte Welt dagegen war der Ort, an dem der Fortschritt, die Ausbeutung der Natur und die technische Moderne stattfanden, wo bald Industrieanlagen und Massenwohnsiedlungen und Eisenbahnen und, im Fall des Sacco-Tals, auch Chemie- und Waffenfabriken gebaut wurden.

∗ ∗ ∗

Die Landschaft hatte sich seit 1954 kaum verändert. Die Landstraße war immer noch schmal, noch immer lag der Monte Circeo in der Ferne im Dunst, nur die Tankstelle und die Lastwagen, die an der SS7 parkten, waren größer geworden, und das Licht dort war greller und kälter. Bei Sermoneta schlief Leanne kurz ein; der Jetlag hatte sie erledigt, ihr Kopf lehnte an der Scheibe, ihre Hand hielt den Pinsel wie ein gefallener Krieger seine Waffe; auf der Rückbank hatte sie etwa zehn Bilder zum Trocknen ausgelegt, Landschaften mit Pinien, antike Backsteinbögen. Von einem noch frischen Bild lief die Farbe auf den Rücksitz und bildete dort einen kleinen grünen See.

∗ ∗ ∗

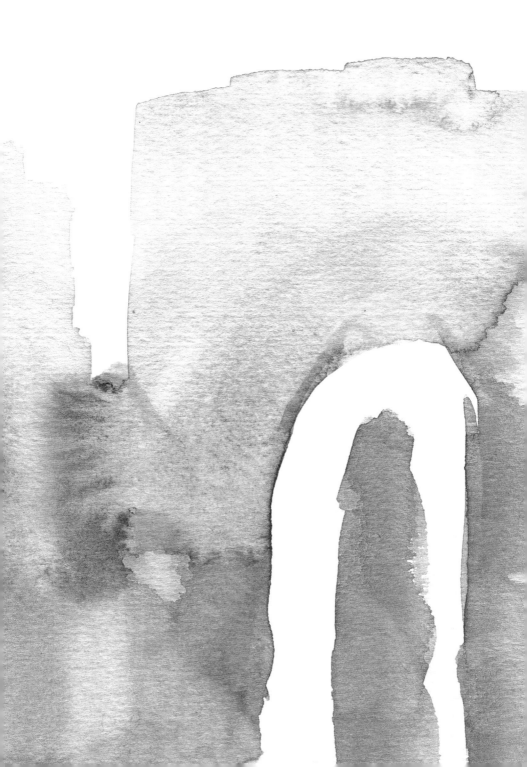

Es tauchen Wiesen auf, kleine Wälder, das Idyll der am Berg hängenden Borghi; dann aber, entlang der Autobahn, sieht man plötzlich riesige Auslieferungslager und Rechenzentren, die selbst die Größe von Kleinstädten haben.

Amazon hat 2020 in Colleferro für 140 Millionen Euro eines der größten Auslieferungslager Italiens gebaut. Die hunderte Meter lange Lagerhalle liegt da wie ein Giga-Tempel der digitalen Welt und des Onlinehandels-Zeitalters. Das »Fulfillment Center«, wie diese Lager seltsam religiös genannt werden, in denen Millionen von bestellten Dingen lagern, ist genau genommen selbst das Bild eines kollektiven Begehrens – nur ein ganz anderes als die Porträts italienischer Frauen, die deutsche Maler wie Wilhelm Wach in Olevano malten: Eigentlich ist die Wand aus zigtausenden von Objekten, die irgendjemand dringend haben will, furchteinflößend wie die Naturschauspiele, die die deutschen Maler hier einst festhielten.

Irgendwann werden die alten Städte, in denen die Postämter und die Shoppingmalls und die Ladenstraßen und die Bürotürme leer stehen, weil online eingekauft und von zu Hause aus gearbeitet wird, zu reinen Wohnsiedlungen schrumpfen, und die Auslieferungslager und Rechenzentren werden anwachsen zu neuen, energieintensiven, funkelnden Metropolen, in denen nur Daten, Dinge und Sortierroboter wohnen und in denen das einzige öffentliche Leben das der Auslieferungsfahrer sein wird, die sich in ihren Pausen in den Bars zwischen den Lagerhallen treffen.

Lange Autofahrten sind immer ein emotionaler Katalysator: Wer elf Stunden, nur getrennt von einem Schaltknüppel, in einem Kokon neben einem anderen Mesnchen sitzt, spürt hinterher entweder große Erleichterung, dass es nun vorbei ist – ein bisschen so ist es, als sich Alex und Katherine in Neapel aus ihrem Bentley schälen –, oder er wäre gerne noch weitergefahren.

Fragen, die auf einer Fahrt gestellt werden:
- Was für ein Vater bist du?
- Wie fühlt es sich an, wenn während der Fahrt jemand auf deinem Beifahrersitz schläft?
- Wie verändert sich die Landschaft zwischen Männern und Frauen?
- Was wird sich ändern und was bleibt gleich in den Geschichten zwischen Männern und Frauen?
- Ist das Reden in einem Auto anders als das Reden über einen Tisch hinweg?
- Was ist die schönste Autofahrt, die du erinnerst?
- Was ist die erste Autofahrt deines Lebens, an die du eine Erinnerung hast?
- Woran denkst du, wenn du an deinen Vater denkst?
- Was ist anders, wenn du im Auto malst?
- Was ist das letzte Bild, das du nicht gemalt hast, aber malen wolltest?
- Wie sieht der Ort aus, wo du am liebsten malen möchtest?
- Wie sieht der Ort aus, an dem du am liebsten schreiben würdest? Sieht er anders aus?
- Worüber redest du am liebsten, wenn du im Auto sitzt?
- Wärst du jetzt lieber in Buenos Aires oder in Alaska?
- Kaffee oder Tee? Kuchen oder Sandwich?
- Was möchtest du in Rom sehen?
- In England?
- Es gibt ein Foto von dir irgendwo in der Karibik und es gibt ein Foto irgendwo im Eis, auf den Spuren der »HMS Terror«. Wo warst du glücklicher?
- Was werden wir tun, wenn wir uns in zehn Jahren treffen?
- Fährst du lieber oder wirst du lieber gefahren?
- Warum sind alle Leute, die man in Kinofilmen wirklich mag, schon tot?
- In welchem Film würdest du, wenn das ginge, gerne einziehen?

* * *

Neapel sah schmutziger aus und leuchtete nicht mehr so funkelnd und klar wie damals im Film. Um 21.15 Uhr parkte ich vor dem Hotel Excelsior, genau an der Stelle, an der Alex aus »Viaggio in Italia« den Bentley zum Halten bringt.

Auch das Hotel sah ein wenig heruntergekommen aus. Die grüne Neonschrift des Ristorante Bersagliera spiegelte sich im Hafenbecken und zerlief in tausend Arabesken.

Wir tranken einen Wein, der den sehr dramatischen Namen Lacryma Christi Del Vesuvio trug und tatsächlich dunkler und nach vulkanischen Böden schmeckte, aber vielleicht bildeten wir uns das auch nur ein. Weiter oben waren die italienischen Strände jedenfalls heller gewesen als hier, wo die vulkanische Welt begann.

Leanne trug ihren braunen Filzhut, den sie in Montana gekauft hatte; er hatte inzwischen einen Riss bekommen, der aussah wie ein Einschussloch.

Später, als die Nacht vollkommen über die Stadt gekommen war, funkelten über der Bucht die Lichter von Torre del Greco; dahinter lag, dunkler im Dunst, unter Wolken der schwarze Vesuv. Nur in der Vorstellung ist der Süden heller als der Norden; in Wirklichkeit ist der Süden viel dunkler, fast schwarz im Licht.

***

1772 wird in der Villa des Diomedes in Pompeji die einzelne Brust einer Frau gefunden. William Hamilton, der britische Botschafter in Neapel, schreibt, dass die Überreste der menschlichen Körper so gut erhalten seien, weil beim Ausbruch des Vesuvs erst heiße Steine und Asche, dann ein feinerer, mit Wasser gemischter Ascheregen auf die Stadt niederging. In diesem Gemisch sei der Abdruck einer weiblichen Brust, darüber Spuren eines dünnen Gewandes, erhalten. Die Entdeckung, die im Portici-Museum ausgestellt wurde, wurde zu einer der beliebtesten Touristenattraktionen von Neapel. Der Architekt François Mazois, der Pompeji im Auftrag von Napoleons Schwester Caroline besuchte, malt sich in seinem Buch »Les ruines des Pompeji« schaudernd aus, wie der Todesregen das idyllische und sorglose Leben einer Familie in der luxuriösen Villa traf. Die Nähe von Schönheit und Tod führte zu einer wahren Welle an Romanen, die sich das Leben einer unbekannten jungen Frau ausmalten, darunter Thomas Grays »The Vestal« von 1830 und Edward Bulwer-Lyttons »The Last Days of Pompeji«, einem Bestseller, der sich 10 000 Mal verkaufte (nur Walter Scotts »Waverly« verkaufte sich besser). Bei Gray heißt die Frau Lucilla und ist Lucius versprochen, bei Bulwer-Lytton heißt sie Ione und ist die Geliebte von Glaucus, bei Bulwer-Lytton entkommen die Geliebten dem Ascheregen (die Brust gehört hier Lucius' Schwester Porcia), bei Gray sterben sie, in Théophile Gautiers »Arria Marcella« von 1852 verfällt ein junger Pariser namens Octavian dem Bild der Brust und halluziniert sich ins antike Pompeji, wo er einer Frau begegnet, die zu einer vampirhaften Chimäre mutiert. Der Ascheblock mit dem Abdruck der Brust, schreibt die Forscherin Alide Cagidemetrio, wurde von Museum zu Museum gebracht, von Geologen und Physiologen untersucht, »bis sie einfach verschwand«, zerfallen unter den Händen der Forscher und Museumsleute. Einmal zerbröselt, war dort nur noch ein Haufen Asche. Er habe nirgendwo eine Verlustanzeige in den Dokumenten seines Museums finden können, schreibt Amedeo Maiuri, der von 1921 bis 1961 Direktor der Ausgrabungsstätte von Pompeji war: »Vielleicht haben die damals Verantwortlichen nicht geglaubt, dass man diese armselige Ascheform mit einer eigentlich durch die staatliche Inventurverordnung vorgeschriebenen Notiz für außer Betrieb genommene Objekte in einem Bericht bedenken muss.«

***

Am nächsten Morgen war die Stadt nicht wiederzuerkennen. Eine feine Staubschicht hatte sich über alle Dinge gelegt, wenn man aus dem Fenster schaute, wirkte das, was man sah, wie ein altes Foto, dessen Farben unter der senkrecht herunterbrennenden Sonne ausgeblichen sind; sogar die Luft sah irgendwie milchig aus. »Polvere sahariana«, erklärte der Kellner, der den Staub mit ausgestrecktem Arm und würdevoll kreisenden Bewegungen, ganz so, als dirigiere er ein Orchester aus leicht widerständigen Staubpartikeln, von den Tischen wischte. *Polvere sahariana* war die Erklärung für den Staub, der Italien über Nacht überfallen und entfärbt hatte: Der Scirocco hatte nicht nur die warmen Temperaturen, sondern auch Sandwolken aus der Sahara übers Mittelmeer bis an den Apennin getragen, und jetzt lagerte der Wüstensand, der viel feinkörniger ist als der Sand europäischer Strände, auf allen Dingen und in allen Ritzen. In den Nachrichten warnten die Wettermoderatoren, es sei sinnlos, sein Auto zu waschen, und vor der Bar saßen zwei Herren in feinen anthrazitfarbenen Anzügen und klopften sich von den Ärmeln den Sand, der kurz zuvor noch an Kamelen und Oasen vorbeigeweht war. Am Eingang der Bar stand wie ein Jemand, der lange schon nicht abgeholt und schließlich vergessen wurde, ein orangefarbener Münzfernsprecher, während sich draußen und an der Bar die Gäste wie Bimetalle über ihre Mobiltelefone krümmten.

Ich schickte Leanne, die noch schlief, eine SMS, kaufte mir eine Sonnenbrille und ging eine Runde bis zum Platz vor der Kirche San Francesco di Paola, die ein bisschen an das Pantheon in Rom erinnerte. Dann nahm ich ein Taxi zu der kleinen Barockkirche San Severo, in der sich der Freimaurer und Alchemist Raimondo di Sangro, der Prinz von Sansevero, zwei der unglaublichsten Skulpturen der Kunstgeschichte hatte aufstellen lassen: Den »Cristo Velato« von Giuseppe Sanmartino, dessen toter Körper durch ein Marmortuch durchzuscheinen scheint, und eine Verkörperung der Enttäuschung von Antonio Corradini – eine Person, die sich in einem Netz verheddert hat, das die Abwege und Sünden und Komplikationen des Lebens darstellt, und man kann kaum glauben, dass jemand es schaffen konnte, ein solches feines Fischernetz aus einem Marmorblock herauszuschlagen – es war selbst eine Art Augentäuschungs-Alchemismus, das Material zu zwingen, jedes andere Material darzustellen.

Es gibt noch eine Frauenfigur, eine Verkörperung der Keuschheit, die naturgemäß weniger aufregend ist als ihre im Leben verheddderte Gegenspielerin.

Der Erbauer der Cappella Sansevero war ein Freimaurer, und die Kunstwerke in seiner Kapelle zeugen von einer latenten metaphysischen Skepsis, ab ob sie mitteilen wollten, dass, genau genommen, die Menschen nicht wissen können, was die Götter ihnen gegeben haben, und dass sie nur wissen, was sie den Göttern gegeben haben.

***

Gegen Mittag, als das Licht wie ein Laserstahl durch einen Schlitz zwischen den schweren Gardinen ins Zimmer drang und Leanne aufgeweckt hatte, fuhren wir los und schauten uns die Museen an, die Katherine 66 Jahre zuvor gesehen hatte – die Statuen mit den leeren Augen, die einmal bemalt waren, die antiken Fresken, auf denen man sieht, wie sich Acis und Galatea kennenlernen, ein Mann und eine Frau auf dem Land, an einem Gewässer, vor einer Höhle; sie trägt ein gelbes Gewand, ihr Gesicht ist verschwunden über die vielen Jahrhunderte, eine glatte, weiße Fläche wie ein blinder Spiegel; daneben die Maske des Satyrn Silenos.

Ein anderes Fresko zeigt eine Frau, die auf einem Satyrn sitzt und ihm die Augen zuhält – denkt man; es ist aber ein Hermaphrodit, der dem Satyrn die Augen zuhält, er kann hier nichts mehr erkennen, er muss die hermaphroditische Welt des Sowohl-als-auch statt des gewalttätigen Entweder-oder akzeptieren. Der Hermaphrodit, der lange als Trompe-corps, als Schreckvorstellung erschien, sieht jetzt, wie einst in der Antike, wieder aus wie ein Versprechen – wie das Bild einer Offenheit jenseits aller binärer Kategorien, jenseits der Dominanz des Auges, das zwischen hier und dort alle Fragen von Identität und Andersartigkeit entscheiden will.

An der Kreuzung neben dem Museum stand eine Marienfigur. Jemand hatte ihr einen Heiligenschein gebastelt, der aus einem Metallbügel und einer Lichterkette bestand; hinter ihrem Rücken hing gut sichtbar das Stromkabel herunter, was typisch war für den rabiaten Pragmatismus, mit dem der katholische Süden seine Wunder in Gang setzt: Der Mechanismus der elektrischen Marienerscheinung und ihrer funkelnden Effekte lag, gut sichtbar für alle, offen.

***

Am nächsten Tag flog Leanne nach Hause, und ich fuhr am Meer zurück nach Rom. In Sabaudia parkte ich vor dem Haus, das einmal Alberto Moravia gehörte. Moravia hieß eigentlich Alberto Pincherle, war Sohn eines jüdischen Architekten und saß später für die kommunistische Partei im Europaparlament. Dass ausgerechnet er nach Sabaudia ging, ist einerseits seltsam, denn Sabaudia ist eine der Idealstädte, die Mussolini in den späten zwanziger Jahren südwestlich von Rom hatte bauen lassen. Weder Moravias Debüt »Die Gleichgültigen« – einer der ersten existenzialistischen Romane – noch die Artikel, die er in den dreißiger Jahren schrieb, stießen bei den faschistischen Machthabern auf Begeisterung. Nachdem Moravia Schreibverbot erhalten hatte, hatte er sich, frisch verheiratet mit der Schriftstellerin Elsa Morante, 1941 nach Capri zurückgezogen und sich schließlich vor den Deutschen in den Bergen der Ciociaria verstecken müssen. Warum ausgerechnet die faschistische Idealstadt? An Sabaudia, schrieb Moravias Freund Pier Paolo Pasolini, mit dem er nach dem Krieg als Redakteur bei der Zeitschrift »Nuovi Argomenti« arbeitete, sei »gar nichts faschistisch außer ein paar Fassaden«. Womit er recht hat: Die Stadt selbst ist zwar eine typische Planungsphantasie – aber davor liegt, mit Blick auf den Monte Circeo, eine umso anarchischer zerzauste, wilde Dünenlandschaft mit endlosen Ständen, die eher an den Atlantik und Long Island erinnert. »Wie sehr wir Intellektuelle über die Architektur dieses Regimes gelacht haben, über Städte wie Sabaudia«, erzählte Pasolini einmal, »doch jetzt zeigte sie sich von einer unerwarteten Seite.« Monica Vitti war schon früher hierhergekommen, mit Alberto Sordi, in dessen Film »Amore mio aiutami« sie eine heftige Ehekrachszene am Strand von Sabaudia spielt. »Ich erinnere mich«, schreibt der Schriftsteller Enzo Siciliano später, »dass ich in Sabaudia im Sommer 1968 in einem von Monica Vitti gemieteten Haus an einem Drehbuch arbeitete. Viele von uns begannen, ihre Zeit hier in den Dünen zu verbringen. Moravia schrieb bis etwa elf Uhr morgens auf seiner Olympia, ging dann runter zum Strand, verschwand bis zur Hüfte im Wasser und aß frische Muscheln, die er mit den Fingernägeln öffnete. Nachmittags sagte er, er werde einen schönen Fisch kaufen. Bevor er nach Hause kam, hielt er immer an der Bar an und aß ein Eis. Dann tauchten Pasolini auf und der Regisseur Andrei Kontschalowski, der aus der Sowjetunion geflohen und ziemlich dreist und bei den Frauen sehr beliebt war.«

Es gibt ein Foto, das Pasolini in dieser Zeit in Sabaudia zeigt, wie er vor seinem Alfa Romeo 2000 GTV posiert. Zusammen mit Moravia, schreibt Siciliano, saß er oft unter den Arkaden der Bar Italia, besprach Ideen und schaute den Idealformen des Faschismus beim Versanden und Zerfallen zu. Schließlich kauften sich Moravia und Pasolini hier zusammen ein modernes, weißes, kubisches Haus direkt am Meer auf dem Lungomare. Bis kurz vor seiner Ermordung 1975 arbeitete Pasolini hier; Moravia kam bis zu seinem Tod 1990 regelmäßig ans Meer. Auch das letzte Foto, das es von Monica Vitti gibt, zeigt sie in Sabaudia.

Was ist die Geschichte der beiden, die dort vorn im Sand am Meer stehen? Sie steht vor ihm. Vor ihnen liegt das Meer. Sie läuft barfuß auf dem ausgeblichenen Holz der Treppe; er hat noch Straßenschuhe an, mit Strümpfen. Sie trägt die Schuhe, die sie auf der Fahrt hierher in Südfrankreich kaufte, in der Hand, und ein Sommerkleid. Hinten, am Ende des langen Strandes, der Berg, halb aufgelöst im dunstigen Licht: Monte Circeo.

Er geht ihr nach. Er sinkt in den weichen Sand ein. Es ist noch warm. Sie dreht sich um, aber er kann ihr Gesicht nicht sehen, weil ihr die offenen Haare vors Gesicht wehen, ihr Kopf sieht wieder genauso aus wie eben, von hinten. Sie kommt aus Mailand – vielleicht ist das so. Vielleicht ist sein Sohn jetzt fünf und lebt bei seiner Mutter in Viterbo.

Sie ruft etwas, das er nicht hören kann. Sie fuchtelt mit den Armen. Er geht auf sie zu, sie lacht und rennt in Richtung Wasser. Ihre braunen Beine. Auch er ist braungebrannt, vielleicht waren sie im Winter in der Karibik.

Der Junge baut in seinem Kinderzimmer weiter an der Stadt aus Pappschachteln, die er mit seinem Vater begonnen hat.

Die Sonne steht schon schräg, es ist Nachmittag; sie haben im Stau gestanden und dann etwas gegessen in einer der Bars in den kleinen Orten an der Straße, die ans Meer führt.

Die Orte haben sie vor hundert Jahren gebaut, als die Sümpfe trockengelegt worden sind.

Der Junge spielt jetzt nicht mehr mit Lego, er ist zehn, er spielt mit seinen Freunden Fußball, und danach Videospiele bei einem, der Pablo heißt. Die Mutter macht Lasagne und Eistorten.

Der Sand weht. Die Sonne sinkt weiter. Er nimmt die Sonnenbrille ab, an den Kanten haben sich weiße Ränder gebildet, der Bügel wackelt. Einmal hatte er sich eine neue Sonnenbrille gekauft, aber sie drückte ihn auf der Nase, während die alte sich seinem Gesicht über die Jahre angepasst hatte, oder er sich ihr.

Sie winkt jetzt aus dem Wasser. Er sieht ihren Kopf in einer Welle verschwinden. Sie kommt, tropfend, heraus und legt sich zu ihm in den Sand. Ihre Haare sind glatt, wie aus Metall. Sie hat eine Gänsehaut auf dem Rücken. Es wird Abend. Er vermisst das Kind.

Der Junge gewinnt ein Fußballturnier mit seinem Verein.

Er trocknet sie ab mit seinem Pullover, den er sich um die Hüften geknotet hatte, weil ihm im Auto warm war. Aus ihren immer noch nassen Haaren läuft ein Rinnsal über ihren Rücken und bildet einen kleinen See in einer Kuhle in Höhe ihrer Hüften.

Er sieht, wie der Sand weht. Die Sonne steht viel tiefer. Der Berg verschwindet im Dunst, als sei er nur eine Einbildung gewesen. Er hört ein paar Kinderstimmen hinter der Düne. Niemand ist vorne am Meer. Hinten wachsen Rosen und Strandhafer und gelbe Blumen. Sie dreht ihr Gesicht zu ihm; sie trägt eine große Sonnenbrille, ihr ganzes Gesicht besteht aus zwei spiegelnden Kreisen, in denen er als doppelte zappelnde Miniatur auftaucht.

Er sieht sein Gesicht, wie es sich in der Sonnenbrille spiegelt; die tiefen Falten neben den Augen, die langen Linien, die neuerdings die Nasenflügel und die Mundwinkel verbinden. Sie hat zwei Sommersprossen über der Oberlippe. Ein Zahn steht leicht schief, auf eine hinreißende Weise, man sieht ihn nur, wenn sie lachen muss, weswegen er oft versucht, sie zum Lachen zu bringen. Sie zieht ihn zu sich herüber in den Sand, auf sie. Wolken ziehen vorbei. Der Sand weht schneller.

Die Sonne geht jetzt unter: Er legt den Arm um sie. Sie schiebt ein Bein unter seines. Ihr glattes helles und sein haariges dunkles Bein: ein halbrasiertes Wesen mit unterschiedlich großen Füßen.

Der Junge schreibt ihm eine SMS und bedankt sich für das Geschenk und für das Geld für die Reise.

Der Himmel verfärbt sich, der Wind lässt nach. Das Meer wird erst weiß, dann schwarz. Sie liegt halb auf ihm und schaut auf ihrem Mobiltelefon Nachrichten an. Die Ladebuchse ist vollkommen versandet; sie wird die Sandkörner mit einer Pinzette herausholen müssen.

In Rom, in der Basilika der alten Kirche Santa Maria del Popolo, sind in den Boden der Kirche die Gräber von Adeligen und Geistlichen eingelassen. Viele von ihnen sind älter als der Boden, der aus dem 17. Jahrhundert stammt. Über Jahrhunderte liefen die Besucher der Kirche über die Grabplatten, auf denen die Toten liegend, mit gefalteten Händen dargestellt waren. Am Ende waren ihre Gesichter nicht mehr zu erkennen: abgelaufene Geschichte. Heute liegt dort eine Armee von Gesichtslosen, als hätte die Flut Gesichter aus Sand überspült. Auf die abgetretenen Gesichter hat man schließlich, was typisch ist für den pragmatischen römischen Umgang mit Ruinen, ein paar Beichtstühle gestellt, unter denen nur noch die Körper mit den gefalteten Händen hervorragen, als seien sie von der Notwendigkeit, alles zu beichten, überrollt worden.

***

Weiter im Norden, in Fregene, parkte ich am nächsten Tag am Ende der Straße, dort, wo der Fluss ins Meer fließt. Es war noch nicht viel los an diesem Morgen; die Stürme hatten einen großen Baumstamm angespült, aber vielleicht war er auch den Fluss hinuntergetrieben, so genau konnte man das nicht sagen, jedenfalls saß eine Familie dort, die Kinder balancierten auf dem Treibgut herum, eine Frau lag im Sand davor und schlief, ein Mann mit einem Ferrari-T-Shirt setzte sich nicht weit von ihr auf das äußerste Ende des Stamms und schaute aufs Meer, vielleicht, weil er aufs Meer schauen wollte, vielleicht, weil ihm nicht einfiel, was er zu der vor ihm herumliegenden Frau hätte sagen sollen. Mehr war an diesem Strand nicht los; man muss sich die alten Fotos anschauen, um den Glanz des kleinen Badeorts Fregene zu verstehen, der manchmal noch hinter den Pinien aufblitzt und in dem etwas heruntergekommen modernen Haus, das wie ein gestrandetes Schiff zur Hälfte im Fluss steht und einmal dem Schriftsteller Alberto Moravia gehörte. Fregene liegt gut dreißig Kilometer westlich von Rom am Meer. Man fährt über die Autobahn, die zum Flughafen Fiumicino führt, und dann über Felder und durch kleine, flache Dörfer; dann beginnt der Pinienwald, den Papst Clemens IX. im 17. Jahrhundert anlegen ließ, um die Felder vor dem Seewind zu schützen. Es gab hier seit der Antike einen kleinen Hafen und einen großen Sumpf, den Maccarese, den Mussolini in den zwanziger Jahren trockenlegen ließ, ein paar römische Adlige hatten hier ihre Villen zwischen den feierlich Spalier stehenden Pinien, die Massen fuhren eher nach Ostia zum Baden. Diese Leere machte Fregene für alle interessant, die ihre Ruhe haben wollten. Als in den fünfziger und sechziger Jahren in Cinecittà Filme wie »Ben Hur« oder »Spartacus« gedreht wurden, saßen plötzlich Filmstars zwischen den Fischerhütten, Frank Sinatra badete hier, die Schauspieler kamen nachts zum Tanzen und zum Schwimmen, die Schauspielerin Monica Vitti saß hier im Sand und aß mit dem Schriftsteller Gabriel García Márquez »kiloweise Eis«, wie sie einmal in einem Interview erzählte: »Wir wurden Freunde, indem wir am Strand von Fregene Schokoladeneis aßen.« In der Widmung von »Hundert Jahre Einsamkeit« schrieb er ihr: »Ich hoffe, es gefällt Dir wie drei Kilo Eis.«

Zurück in Rom. Auf dem Cover einer Illustrierten, die im Fenster eines Kiosks hängt, Italiens neue Ministerpräsidentin Meloni und ihr Mann Andrea Giambruno, ein Journalist und früheres Unterwäschemodell. Giambruno bezeichnet sich selbst eher als links. Laut der Website Matrimonio.com sind 15 Prozent aller in Italien befragten Paare der Ansicht, dass man nicht die gleichen politischen Ansichten haben muss, um miteinander glücklich zu werden. 25,8 Prozent der Befragten sagten allerdings auch, dass sie sich für Politik überhaupt nicht interessieren.

***

DIE GESCHICHTE DES PAARES, DAS AUTOS LIEBTE: Es lebte einmal ein Paar, das liebte Autos. Das heißt, eigentlich dachten sie gar nicht so viel über Autos nach; das Auto sollte nur schön sein und da, wenn es gebraucht wurde, und so schnell bewegt werden können, wie es ihnen Spaß machte, und sie mochten es, durch die Gegend zu fahren und das Auto vor einem Café ihrer Wahl so zu parken, dass sie es sehen konnten. Das Paar liebte es auch, abends am Kamin, während draußen der Wind an den Bäumen zerrte, ein paar Zigaretten zu rauchen; sie aßen gern Steaks oder Foie gras oder Hummer und auch Kaviar. Als die Politiker des Landes, in dem das Paar lebte, im Namen des Umweltschutzes die Innenstadt für Autos sperrten, ein Tempolimit einführten und die Kamine in den Häusern der Innenstadt versiegelten, überlegte das Paar, ob es sich einer revolutionären Bewegung anschließen solle, aber da eine solche Bewegung nicht in Sicht war, zog es nach Italien. Dort saß das Paar zufrieden ein paar Jahre in einem kleinen Ort, parkte sein Auto vor dem Restaurant auf dem Marktplatz so, dass sie es sehen konnten, und machten nachts Feuer in dem schönen offenen Kamin des Hauses, das sie sich gekauft hatten. Als die kleine Stadt von einer internationalen Unternehmensberatung empfohlen bekam, eine elektronische Verkehrssteuerung zur Durchsetzung von Fahrverbotszonen zu erwerben und sich ihr Lieblingscafé in einer Fußgängerzone wiederfand, zog das Paar auf eine griechische Insel. Leider entschied der Bürgermeister, der von einer noch kleineren Insel stammte, auf der es keine Autos, sondern nur Esel gab, die Insel, die er regierte, zu einem Testfeld für Elektromobilität zu machen. Die Insel wurde mit Windrädern und Solarzellen überbaut, die eine erhebliche Anzahl schwerer Elektroautos mit Strom versorgten, die sich nun jeden Tag auf der einzigen Inselstraße stauten.

Jetzt begann das Paar, bei Freunden Geld zu sammeln. Nach zwei Jahren kauften sie mit dreihundert Gleichgesinnten ein etwa fünfzig Kilometer langes Stück Land im Süden von Patagonien und ließen dort eine fast ebenso lange, elegant durch die Landschaft schwingende Autobahn errichten, an deren beiden Enden sie zwei kleine Städte errichten ließen. Jeden Morgen parkten sie hier direkt in zweiter Reihe vor dem Café in Norte, wie die Stadt im Norden hieß, rauchten ein paar Zigaretten und fuhren dann mit deutlich über 200 Stundenkilometern ins lichterfunkelnde Sud mit seinen großen Betontürmen; dort saßen sie lange am Feuer und brieten erhebliche Mengen Rindfleisch, während die Ölpumpen am Ende der Rennstrecke beruhigend regelmäßig quietschten.

***

Auf dem GRA blockieren Anhänger der Aktivistengruppe Die letzte Generation die Fahrbahnen, um gegen den CO_2-Ausstoß des Kraftverkehrs zu demonstrieren. Die Autos hupen. In einem Wagen sitzen ein Mann und eine Frau und schauen beide auf ihr Mobiltelefon; der Motor ist abgeschaltet, sie haben sich in ihre Lage gefügt. Ein paar Motorroller versuchen, sich durchzudrängeln. Eine Frau und ein Mann haben ihre Arme in Abflussrohre aus Plastik gesteckt; so kann man sie schlechter von der Fahrbahn tragen.

***

Frage an eine Künstlerin, die gerade in der Villa Medici, der französischen Künstlerresidenz, lebt: Warum fehlen eigentlich allen männlichen Statuen im Park die Penisse? Antwort: Die habe man einst auf Anordnung der katholischen Kirche abmontiert. Und dann weggeworfen? Nein, sie würden irgendwo im Vatikan aufbewahrt. Irgendwo im Vatikan also gibt es eine Kiste voller Marmorpenisse, die größte Konzentration von Penissen, die auf der Welt zu finden ist.

***

F. ruft an, sie ist außer sich, sie will Italien verlassen wegen des Wahlsiegs von Meloni, sie haben alle Ministerien umbenannt, ruft sie in den Hörer und lacht, kannst du dir das vorstellen, das Bildungsministerium ist jetzt das Ministerium für Bildung und Meriten, das Wirtschaftsministerium das Ministerium für Wirtschaft und *Made in Italy*, ein Waffenlobbyist ist Verteidigungsminister, und das Ministerium für Gleichstellung wird zum Ministerium für *Famiglia e Natalità*. Meloni sagt dem LGTBIQ den Kampf an; ein Paar besteht unter ihrer Führung wieder ausschließlich aus einem Mann und einer Frau.

Währenddessen stehen eine Frau und ein Mann in der Villa Borghese vor einer antiken Skulptur. Sie wurde 1609 in Rom nahe der Diokletiansthermen gefunden – dort, wo sich einmal die Gärten des Sallust befanden. Sie zeigt einen schlafenden nackten Menschen, offenbar in einem Moment, in dem es sehr heiß ist, vielleicht in einer Sommernacht; das Betttuch ist von seinem Körper zu den Beinen gerutscht, das angewinkelte linke Bein hebt er leicht an. Was man sieht, ist also nicht nur ein Körper, sondern auch ein Sommertag des 2. Jahrhunderts nach Christus, als die Hitze über Rom stand und ein süßlicher Gestank über der Stadt hing. Es ist wahrscheinlich, dass der Sommer in diesen Tagen anders roch, dass sich die Hitze anders anfühlte unter den Kleidungsstücken, die man damals trug. 1620 wurde Gian Lorenzo Bernini beauftragt, die Figur auf eine Matratze aus Marmor zu betten, die unter dem Gewicht des antiken Körpers leicht nachzugeben scheint.

Auch diese Figur ist ein Hermaphrodit, halb Venus, halb junger Bacchus, das Kind von Aphrodite und Hermes, sie hat Brüste und einen Penis, ist Mann und Frau gleichzeitig. Für das neue Ministerium für Familie und Geburtenraten muss das eine Herausforderung sein, eine ungeheure Provokation aus den Tiefen der Geschichte und der Natur.

CRASH:
DURCH TORONTO

— WHY DID WE CHOOSE »CRASH«?
— I CAN'T RECALL! I KNOW I LIKED THE IDEA OF PAINTING IN AND UNDER THE OVERPASSES, THE LANDSCAPE OF RAMPS.

Ein Mann und eine Frau stehen auf dem Balkon eines Hochhauses. Unten, in der Tiefe, fahren Autos über eine zwölfspurige Autobahn. Das Hemd des Mannes ist geöffnet; man sieht die Narben eines Unfalls.

Die Welt unten besteht nur aus Autos, in denen Menschen hinter spiegelnden Windschutzscheiben in zwei Richtungen rollen, und Hochhäusern, in denen Menschen hinter Glasscheiben sitzen. Man erkennt nicht, dass dies Toronto ist, vom alten Toronto ist nichts zu sehen, es gibt keine geographischen Hinweise, keine Geschichte: Was hier passiert, könnte überall passieren und jederzeit, nur das Design der Autos lässt ahnen, dass man sich Mitte der neunziger Jahre befindet.

Als es dunkel wird, lösen sich die Autos in regelmäßig gleitende Bänder aus rotem und weißem Licht auf.

Später fährt der Mann in einem offenen Lincoln-Cabrio – das gleiche Modell, in dem John F. Kennedy erschossen wurde, hinter der Frau, die einen silbernen offenen Mazda Miata auf der Autobahn steuert. Der Mann rammt den Wagen der Frau, der Mazda schleudert einen Abhang hinunter. Der Mann hält an; wenig später lieben sich beide neben dem Wrack des Unfallwagens.

»Crash«, David Cronenbergs Verfilmung von J. G. Ballards gleichnamigem Roman aus dem Jahr 1973, ist ein Film über die Kälte. Er erzählt die Geschichte des Filmproduzenten James Ballard, der sich mit seiner Frau Catherine nicht mehr viel zu sagen hat; beide vertreiben sich die Zeit mit Affären. Der Film beginnt damit, dass Ballard einen Unfall hat: Im Niemandsland eines Autobahnkreuzes kollidiert er frontal mit einem anderen Wagen; der Beifahrer wird aus dem Wagen geschleudert, die

Fahrerin eingeklemmt; durch den Unfall ist ihre Brust entblößt. Später findet Ballard heraus, dass die Fahrerin, Helen Remington, im gleichen Krankenhaus wie er liegt. Sie beginnen eine Affäre, während ein Mann namens Vaughan sich an ihn wendet, der sein mit Metall und Schrauben fixiertes Bein fotografieren will. Es stellt sich heraus, dass Vaughan symphorophil ist; der Anblick von Unfällen und Katastophen und ihren Opfern erregen ihn sexuell. James und Helen lernen eine Gruppe von Unfall-Fetischisten kennen, die den tödlichen Crash von James Dean mit Originalfahrzeugen nachstellen. Später übernimmt Ballard den Wagen von Vaughan und rammt das Auto seiner eigenen Frau von der Straße.

In England durfte der Film damals nicht überall gezeigt werden, die Bezirksverwaltung von Westminster verbot den Film, wer ihn in London sehen wollte, musste in die östlichen Stadtteile fahren, die »Daily Mail« verurteilte ihn als »krank« und »verdorben«, der Schriftsteller Martin Amis verteidigte ihn als »intelligent und ungewöhnlich«.

Warum halten Menschen bei Unfällen an, warum müssen sie auf deformierte Autos starren? In den seltensten Fällen wird es niedere Schadenfreude sein, in den meisten eine Mischung aus Schrecken und Mitgefühl (ist der Airbag aufgegangen, haben die Insassen überlebt) und Faszination, welche Formen vertraute Dinge annehmen können (der Blick auf das verbeulte Auto, die aufgerissene Technik, die ihren hermetischen Charakter und ihre Funktion verloren hat, das alles fasziniert vielleicht ähnlich wie der Anblick einer aufgebrochenen Seemuschel oder eines abstrakten Kunstwerks).

Man kann »Crash« als Metapher auf eine Moderne lesen, deren hermetische, allzu glatte Oberflächen Innen und Außen undurchdringlich voneinander isolieren: Erst wenn es ganz laut knallt, wenn die Hüllen aufreißen, wenn einer aus dem Auto geschleudert wird, können diejenigen miteinander in Kontakt kommen, die vorher, durch Metall und Glas voneinander abgekapselt, aneinander vorbeigeglitten waren; erst wenn sich das Metall in die Haut bohrt, ist der abgekapselte Körper wieder zu spüren. »Crash« ist – wie »American Psycho«, wo der Held nur etwas spürt, wenn er mordet – die perverse Endstufe einer Moderne, die alle Formen von Intensität und Nähe zugunsten von Komfort und Sicherheit abgeschafft hat. Die Kulturtheorie behauptet immer wieder, Intensität (und nicht Ebenmaß, Schönheit, Ewiggültigkeit) sei die wichtigste ästhetische Kategorie der Moderne; André Breton sagt, Schönheit müsse schockhaft, krampfartig, konvulsivisch sein. Die Moderne aber hat im Laufe der Zeit alle Intensität neutralisiert: Städte stanken intensiv, bevor die moderne Stadtplanung auch Anforderungen der Hygiene berücksichtigte; wusste man auf dem Land noch lange, wie sich das Gebrüll der Tiere im Schlachthaus anhört und wie zerkleinerte Rinderhälften aussehen, kennt der Städter Fleisch nur noch in der tellerfertigen Portionierung als abstraktes braunrotes Etwas, von dem man sich nicht vorstellen kann, dass einmal Augen daran waren. Und während die ersten Autos noch die Körper ihrer Fahrer durchrüttelten und der Wind an deren Haaren riss, verwandelten sich die Fahrzeuge ab den achtziger Jahren immer mehr zu rollenden Wohnzimmern, die mit immer kleineren Fenstern, Doppelverglasung und weichen Ledersitzen die Außenwelt ausblendeten. Dass ab den Siebzigern in Amerika aus Sicherheitsgründen zwischenzeitlich keine Cabrios mehr zugelassen wurden, ist Teil der Tendenz, das Leben nicht vom Best Case Scenario her zu denken und Intensität und Offenheit im Sinne der Gefahrenreduktion zu minimieren. Cabrios waren im Blick auf mögliche Glücksmomente hin entworfen: Wie kann man einen sonnigen Tag am besten genießen? Die Frage, was passiert, wenn man von einem Lastwagen gerammt wird oder sich überschlägt, spielte beim Design keine Rolle – entsprechend endeten die großen Rasereien, der beglückende und frivole Geschwindigkeitsrausch der Automobilmoderne oft tödlich: Die Tänzerin Isadora Duncan starb 1927, als sich ihr Schal in der Felge des Autos von Benoit Falchetto, eines Rennfahrers, verhedderte und sie strangulierte. Die Schauspielerin Lena Amsel kam ums Leben, als sie sich 1929 bei Fontainbleau zusammen mit ihrer Freundin Florence Pitron in ihrem Bugatti bei einem improvisierten Autorennen gegen den Maler André Derain überschlug. Alexis Mdivani, der Sohn eines vor den Bolschewisten nach Paris geflohenen kaukasischen Generals, sorgte für einen Skandal, als er am 1. August 1935 in seinem Rolls Royce – einem Geschenk seiner ehemaligen Gattin Barbara Hutton – mit 140 km/h in Nordspanien bei Palamós von der Straße abkam und gegen einen Alleebaum raste. Er hatte versucht, seine Geliebte Maud von Thyssen, die Gattin des Hitler-Finanziers Heinrich Thyssen-Bornemisza, zum Schnellzug zu bringen, bevor ihr Mann ihn erreichte. Maud, noch im Pyjama, wurde aus dem Cabriolet geschleudert und überlebte mit einem gebrochenen Rückgrat.

Die von »Crash« thematisierte Glätte der modernen Stadt und ihrer Objekte hat sich mit der Glätte der Smartphones noch weiter im Alltag verbreitet. Aber auch der Siegeszug des SUVs ist ein Sieg der skeptischen Form und eines Lebens, das vom Tod, vom Worst Case Scenario her gedacht wird. Das Design aktueller Autos wird vom potentiellen Unfall diktiert. Der öffentliche Raum, in dem man sich einst gern zeigte und auf Begegnungen freute, wird zur Gefahrenzone, die man zügig und unfallfrei durchqueren muss, der Fremde dort vor allem als potentieller Gegner wahrgenommen. Wann kam es zu diesem Bruch in der Gestaltung der Dinge und auch in der Haltung der Politik, wann schob sich das Worst Case Scenario vor das Best Case Scenario? War es in den Zeiten von Reaganomics, Pershing-II-Beschluss und dem Ausbruch von Aids, als der Fremde von einer Wunschphantasie zum Todesbringer mutierte?

So gesehen ist die Schlussszene von »Crash« (die man gerne auch ein bisschen zu direkt und essentialistisch finden kann) die Kollision zweier Cabrios, die offen fahren, sozusagen ein Bild für den Wunsch der hinter Glas und Stahl weggesperrten Großstädter nach gefährlichem, intensivem, ungeschütztem Verkehr.

»Crash« zeigt aber auch ein Paar, das durch eine Welt aus Beton und Asphalt fährt, in der man nicht anhalten kann – eine Welt, in der sich fußballfeldbreite Autobahnen unter Betonbrücken hindurch in die Stadt und aus ihr herauswälzen und man allenfalls, in die Höhe gestapelt, in Bürotürmen und Wohnhochhäusern kurz ruhen kann, während der apokalyptische Fluss der roten Rückleuchten unten sich wie Lava Tag und Nacht in den Stadtkörper hineinwälzt. In dieser Welt spielt  »Crash« – und handelt am Ende vor allem von dem Wunsch, den beschleunigten Körper endlich, und sei es mit körperzerstörender Gewalt, einmal anhalten zu können.

Nirgendwo in Kanada wurde die autogerechte Stadt so radikal umgesetzt wie in Toronto mit seinen zwölf- bis fünfzehnspurigen Freeways. Aber was passiert mit all diesen Flächen jetzt, da das Auto als einer der größten Verursacher des Klimawandels kritisiert wird? Was sieht man heute an den Orten, an denen »Crash« gedreht wurde, auf dem Don Valley Parkway und den Betonunterführungen der Richmond Street Ramp und der leeren Industriebrache der Portlands, wo der schmutzige, schlammbraune Don River in den Lake Ontario fließt?

Ich landete am Neujahrstag gegen Nachmittag in Toronto. Es wurde gerade dunkel, und die Luft roch nach Schnee, und beim Anflug hatte man die Eisschollen auf dem Lake Ontario sehen können.

In einem Laden in der Flughafen-Mall standen Spielzeugautos im Fenster, Miniaturen eines möglichen Lebens: Jedes steht für einen Lebensentwurf, der unwahrscheinlich, aber nicht ausgeschlossen wäre – so einen weißen Chevrolet würde man fahren, wäre man nach Florida gezogen, den beigefarbenen Toyota Landcruiser FJ60 würde man kaufen, wenn man hier, in Toronto, wohnen würde und vier Kinder hätte. Man würde etwas außerhalb der Stadt leben, in einem Holzhaus mit einem Schuppen, in dem die Kinder Verstecken spielen, und mit einem Hof, in dem eine alte Kastanie stünde, die man auch aus der Küche sähe, wo eine Flasche mit Ahornsirup auf einem Brett über dem Herd auf den Einsatz am Sonntagmorgen wartete, wenn die Kinder Pancakes backen, während draußen der Toyota unter dem Schnee verschwindet, den der Wind vom Lake Ontario über den Bellamy Ravine Creek in die Stadt treibt. Wie in einer Kristallkugel ist in jedem Spielzeugauto eine ganze mögliche Zukunft eingeschlossen. Ich kaufte den Landcruiser; jahrelang lag er zwischen Stiften und Coronamasken in einem selten geöffneten Innenfach meiner Reisetasche, bekam Schrammen und verlor eine Stoßstange, als ob das Leben, an das er denken ließ, in einer unsichtbaren Welt tatsächlich stattgefunden hätte.

***

Wenn man über den Gardiner Expressway in die Stadt fährt, sieht man nur Autos, grüne Straßenschilder, die gelben Linien links und rechts der Fahrspuren, die weißen, gestrichelten in der Mitte, die Reflexe der Beleuchtung der Schnellstraße, darüber sehr viel schwarze Nacht.

Die Autos fahren auf fünf Spuren, sie fahren alle mit dem gleichen Tempo, so dass ein seltsames Gefühl von Stillstand entsteht, wenn man nur die Autos fixiert, ihre Rückleuchten, die der alten Autos rote Quadrate, die der neueren phantasievoll und kompliziert gebogene Leuchtformen, ein Audi hatte Rückleuchten wie glühende Büroklammern, als hätten die Designer einen Witz auf Kosten der Angestellten gemacht, die mit so einem Wagen ihren Ehrgeiz und ihren guten Geschmack unter Bewies stellen wollen.

Irgendwann tauchen die Lichter des Zentrums auf, die Silhouetten der Hochhäuser, Neonschriften über der Fahrbahn: *To Younge Street via Gardiner 9 Min via Lake Shore 15 min. 5.45 pm. January 1st.*

Der Freeway stürzte sich jetzt in einen Canyon aus Beton. Wahrscheinlich ist das größte Betongebäude von Toronto nicht der Fernsehturm, sondern das System der Freeways – Betontrassen zwischen Betonwänden auf Betonstelzen, der Freeway läuft wie ein gigantischer Tausendfüßler auf Stelzen durch die Stadt, von unten sieht die Autobahn aus wie ein gigantisches, die ganze Stadt durchziehendes Dach, Zigtausende könnten darunter wohnen, wenn dort unten nicht auch hauptsächlich Fahrspuren wären, von ein paar Verkehrsinseln und Brachen abgesehen, wo defekte Trucks auf ihre Verschrottung warten und ein paar Obdachlose campen.

Links und rechts der Betonstelzen des Gardiner Expressway wuchsen die Lichter der Hochhäuser in die Höhe, sie standen hier gerade mal eine Wagenlänge entfernt von der Schnellstraße, der Freeway raste durch sie hindurch, von hier sah die Stadt aus wie ein Sternenhimmel voller quadratischer Himmelskörper, jeder bewohnt von einer oder mehreren Personen, die in diesem Moment hinunterschauten wie in »Crash« auf das mal schnell, mal langsamer fließende Band der Lichter. Ich bog am Harbour Square auf den Queens Way W. Es war kaum Verkehr an diesem ersten Tag des Jahres, das Flutlicht beleuchtete leere Kreuzungen, die Ampeln tauchten die alten Backsteingebäude in ein warmes rotes Licht, das mit dem Umspringen der Ampel schlagartig verschwand und sich dem kalten grünen Leuchten des 7-Eleven-Schildes anpasste.

Ich nahm mir ein Zimmer im Hilton, ein Hochhaus, aus dem man den Fernsehturm von Toronto sehen kann, erleuchtet in pulsierenden Farben, als sei er ein Chamäleon, das nicht weiß, wie es sich am besten an das eisige Weiß des Schnees und das Schwarz der kanadischen

Nacht anpassen sollte, erst glühte er rot, dann weiß und blau, dann giftgrün, als sei ihm schlecht geworden.

Im Restaurant an der Ecke gab es Mac 'n' Cheese und Poutine, ein kanadisches Nationalgericht, das aus Pommes frites besteht, die mit dicken Käsekrümeln und Bratensoße übergossen und dann erhitzt werden; erfunden angeblich in den fünfziger Jahren in Warwick, als ein Stammgast des Cafés Ideal dessen Besitzer Fernand Lachance bat, ihm Pommes mit zerkrümeltem Käse zu servieren, woraufhin Lachance gesagt haben soll, *Ca va faire une maudite poutine*, also etwa: Das gibt eine verdammte Sauerei. Ich bestellte eine Poutine und fuhr zum Haus von L.'s Bruder im alten Teil von Toronto. Er schüttelte den Kopf, als ich ihm sagte, wir würden auf den Spuren von »Crash« durch die Stadt fahren; »sehr seltsamer Film«, murmelte er und verzog sich ins Wohnzimmer.

Es gibt zwei Torontos: das alte, in dem sich die Häuser mit großen Dachüberständen und Front Porches vor der Kälte ducken und das Licht, das aus den Häusern auf die verschneiten Einbahnstraßen fällt, umso wärmer wirkt. Dieses alte Toronto bildet ein Gegengewicht zu der Kälte, die die Stadt am See umgibt. Das moderne Toronto steigert diese Kälte: Die Hochhäuser sind glatt wie Eisplatten, die Autobahnbrücken, die Über- und Unterführungen scheinen sich zu verkeilen wie das graue Packeis an den *Beaches*, dem Wohnviertel unten am See.

L. hatte Neujahr bei ihrer Familie verbracht. Ihre Nichten und Neffen hatten sich ausgedacht, mich zur Begrüßung in einen dunklen Raum führen zu lassen, in dem sie sich versteckt hatten und mit lautem Neujahrsgebrüll aus allen Ecken sprangen, als ich den Lichtschalter gefunden hatte.

Am nächsten Tag fuhren wir zum See hinunter, wo die Symphorophilen im Film den Dean-Unfall nachstellen. Leanne malte den Beton der endlosen Unterführungen, und wir hörten »Underpass« von John Foxx, weil es zu den Betongebilden passte und zur düsteren Stimmung unter den Brücken.

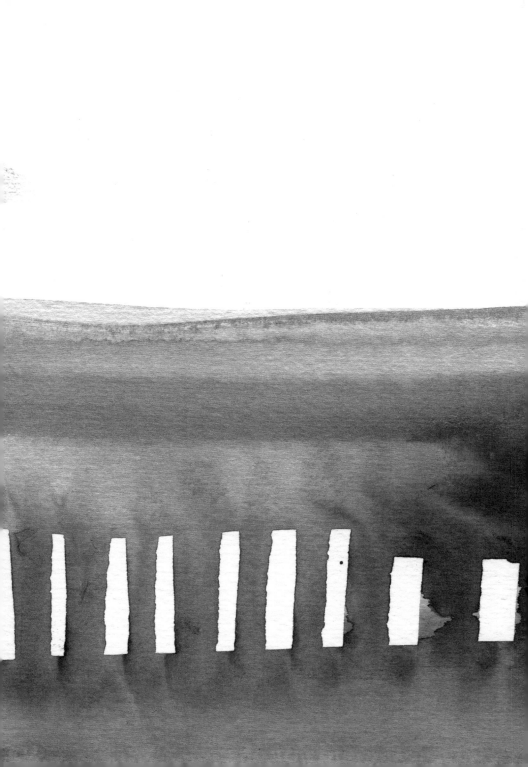

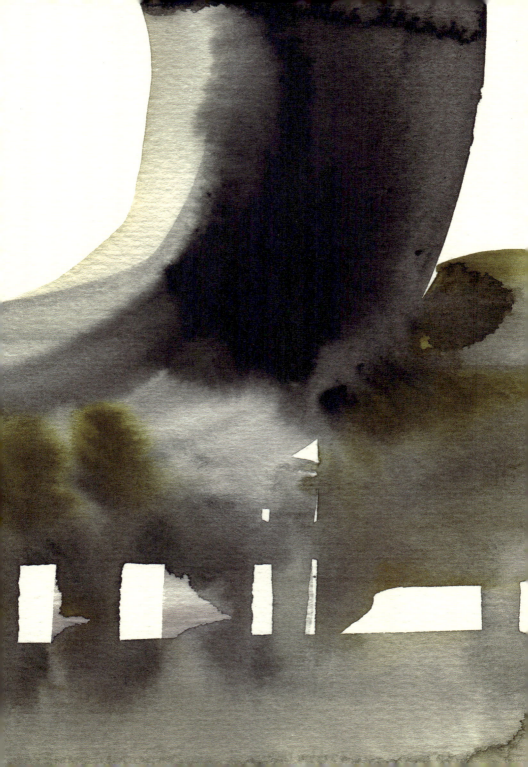

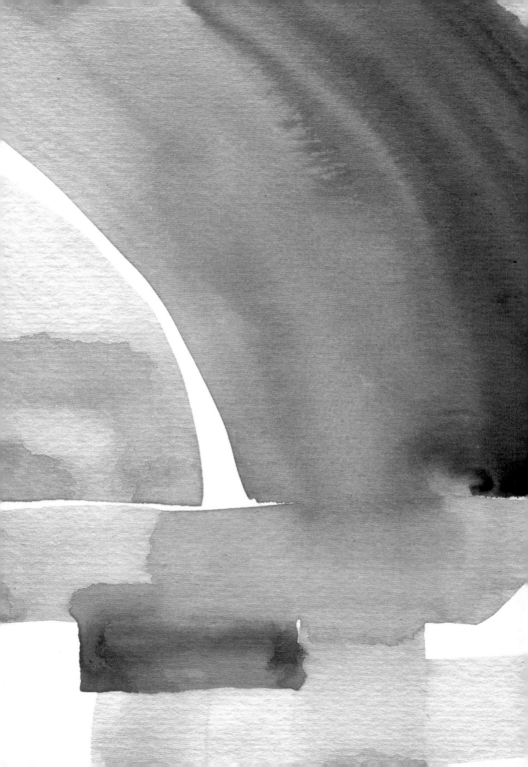

Im Licht der Scheinwerfer erkannte man die aufgebockten Segelyachten, die auf den kommenden Sommer warteten; eine hieß »Negroni«.

Leanne liebt die Kälte. Einmal, 2016, fuhr sie für die »New York Times« auf den Spuren der »HMS Terror« ins ewige Eis des kanadisch-arktischen Archipels, wo die Schiffe der gescheiterten Franklin-Expedition in einer Bucht von King William Island gefunden worden waren. John Franklin war 1845 aufgebrochen, um die Nordwestpassage zu erkunden und zu durchfahren. Die Schiffe froren im Eis ein. Als sie sich nicht befreien konnten, versuchten die Mannschaften, über das zugefrorene Meer nach Ford Resolution, einem Außenposten der Hudson Bay Company, zu kommen. Niemand schaffte es. Suchexpeditionen fanden später zahlreiche Leichen; ein Teil der Männer war an Vergiftungen gestorben. Die Expeditionsleiter hatten an Bord hochmoderne Entsalzungsanlagen und Essen in Konservendosen dabei; niemand wusste aber, dass das Blei der verlöteten Dosen hochgiftig war; die Überlebensreserven brachten den Tod. An einigen Skelettüberresten wurden Schnittspuren gefunden, die als Beweis für Kannibalismus unter der Mannschaft gelesen wurden.

Wir fuhren an einem Antiquariat vorbei, in dem man alte Auto-Aufkleber kaufen konnte. Einer warb für den Präsidentschaftskandidaten Walter Mondale, der 1984 gegen Ronald Reagan höher als jeder andere Gegenkandidat in der amerikanischen Geschichte verlor. Damals war ich zwölf und wohnte in der Nähe von Hamburg in einem Haus auf dem Land, das in einer Obstplantage gestanden hatte. Nun hatte der Bauer, dem die Plantage gehörte, alle Bäume absägen und durch ein Maisfeld ersetzen lassen. Von den Nachbarn, die in der Wohnung im ersten Stock des Hauses wohnten und einen weiten Blick über das Maisfeld hatten, hieß es später, als sie überstürzt und spurlos ausgezogen waren, es habe sich bei beiden eventuell um Spione aus der DDR gehandelt.

Leanne war damals elf und lebte nicht weit von Toronto bei Mississauga in einem Haus mit einem großen Schuppen, in dem ihr Vater tausende von Ersatzteilen für die zahlreichen Autos hortete, die er besaß. Noch heute kann er einem mit schlafwandlerischer Sicherheit jedes anderswo unauffindbare Ersatzteil für einen 1985er Supra aus seinem Schuppen holen.

***

Während wir durch die Stadt fuhren, erzählte Leanne von den Autos ihrer Eltern; vor ein paar Jahren hatte sie, zusammen mit ihrem Bruder, einen Text über die Autos und das Motorrad ihres Vaters geschrieben.

»Bis mein Bruder und ich um die dreißig waren, sammelte unser Vater Oldtimer und Motorräder. Er liebte ihr Design, die Befriedigung, sie zu reparieren und zu restaurieren, und die gesellige Atmosphäre der Autoausstellungen und Tauschbörsen. Ich bin mir sicher, dass sich in seiner Leidenschaft für diese Autos auch eine gewisse Wehmut über seine Kindheit und Jugendzeit ausdrückte. Es waren die Fahrzeuge, die die Zeit prägten, in der er in die Welt der Erwachsenen eintrat.

Wir wuchsen mit langen Fahrten zu Autotreffen und Flohmärkten auf, machten Picknick auf Campingplätzen und aßen in Gaststätten am Straßenrand, alles zu einem Soundtrack von Buddy Holly und Doo-Wop, einem idealisierten Nachkriegsparadies, das dreißig Jahre entfernt war. Wir fügten der Secondhand-Manie unseres Vaters eine eigene Schicht hinzu: Autos aus den siebziger und achtziger Jahren mischten sich unter die Studebakers und britischen Motorräder. Wenn wir uns diese Fotos jetzt ansehen, überschneiden und überlappen sich unsere Erinnerungen, aber sie gehen auch auseinander. Diese Autos und Motorräder sind buchstäblich Vehikel für unsere Nostalgie.

1953 STUDEBAKER CHAMPION Am besten erinnere ich mich bei diesem Auto an die dünne mintgrüne und kastanienbraune Decke auf dem Rücksitz. Und an die Mottenkugeln, die auf der Hutablage hin und her rollten, wenn Papa abbog.

1963 STUDEBAKER AVANTI Ich weiß noch, wie dieses Auto geklungen hat. Wie das fröhliche Schnurren eines riesigen Löwen. Es war das erste Auto, das ich mit fünfzehn Jahren fuhr, die Auffahrt hinunter und auf eine Landstraße. Und zurück. Aufregend und schick. Es war mein Favorit unter Papas Autos und das Auto, das mich glauben ließ, er sei cool.

1978 DODGE VAN Dieser Wagen erinnert mich an den Lake Superior und an das Grillen von Hot Dogs auf einem Hibachi auf einem Schild neben dem Highway. Die Türen waren schwer und erzeugten ein ordentliches Klacken und Knallen. Ich fand es toll, dass er Fenster hatte, was ihn viel weniger unheimlich machte als fensterlose Vans (die mich an Entführer denken ließen). Meine Mutter nähte die Vorhänge, die wir zuzogen, wenn wir uns alle für die Nacht im Fond auf einer maßgefertigten Liege mit orangefarbenen Wollkissen niederließen. Ich wollte immer auf dem Beifahrersitz sitzen, wo meine Füße den Boden nicht erreichen konnten. Es roch noch ein bisschen nach Armee.

1978 PONTIAC PARISIENNE Ich saß auf dem Rücksitz während nächtlicher Fahrten, meist zu oder von den philippinischen Verwandten. Ich lehnte mich gegen das Fenster und beobachtete durch die Scheibe die Strahlen der Straßenlaternen, die die Motorhaube des Autos zu berühren schienen und sie an den Strahl der nächsten Straßenlaterne weitergaben.

1964 STUDEBAKER HAWK   Das Innere dieses Wagens war rot, ich starrte auf die perforierte Decke, bis eine Schicht von Punkten nahe heran und eine weiter weg schwebte. Essen war im Auto nicht erlaubt.

1976 OLDSMOBILE CUTLASS   Dienstags und donnerstags arbeitete Mama lange und wir gingen nach der Schule in die Bibliothek, um auf sie zu warten. Um fünf vor sechs stellte ich mich an das Fenster der Kinderbuchabteilung und beobachtete jedes vorbeifahrende Auto mit runden Scheinwerfern. Mit so einem Auto holte sie mich auch vom Kindergarten ab, immer mit Verspätung, weil sie »Magnum P. I.« bis zum Ende sah.

1987 BUICK CENTURY   Ich empfinde keine nostalgischen Gefühle für dieses Auto. Nur Wut über meine Dummheit, die Türen unverschlossen zu lassen, während ich mit meinem Freund in der Bar Italia zu Abend gegessen habe. Die nächste Woche verbrachte ich damit, die Hinterhöfe von Toronto zu durchkämmen und in Müllcontainern und Ecken nach meinen Skizzenbüchern und Kleidern zu suchen.

1983 FORD LTD WAGON   Auto für Schwimmtraining/Schwimmtreffen. Das Innere dieses Wagens war erfüllt von Gefühlen der Angst, der Hoffnung oder der Erleichterung. Wenn sie mich abholte, brachte Mama mir manchmal warme, in Alufolie eingewickelte Sandwiches mit, die ich dann neben ihr auf dem Beifahrersitz aß. Ein anderes Mal legte ich mich auf den Rücksitz, schlang den mittleren Sicherheitsgurt locker über meinen Parka und versuchte zu schlafen.

1984 MAZDA 626   Ich fühlte mich sehr glamourös, wenn Papa mich in diesem Auto vom Schwimmtraining abholte. Das passierte nur ein paar Mal. Mein Vater hat eine Zeichnung von diesem Auto gemacht, die ich sehr gut fand.

NORTON 750 COMMANDO Das war ein lautes Motorrad. Wenn Papa mich darauf mitnahm, stand Mama in der Tür und schrie: »Sei vorsichtig, Bob, oh mein Gott!« Papa sagte mir, ich solle mich in die Kurven legen. Als ich das herausgefunden hatte, machte es Spaß.

1982 PLYMOUTH CARAVELLE Ich dachte, dies sei das hässlichste Auto, das wir je besessen haben. Von den Frantics gab es ein Lied über ein braunes Auto und es erinnerte mich daran, was für ein Versager-Auto es war. Natürlich war es das einzige Auto, das mein Vater mich regelmäßig fahren ließ, als ich meinen Führerschein machte.«

***

Später gingen wir in die Bar des Dominion Centre. Eigentlich ist meine Lieblingsbar in Toronto das »Communist's Daughter«, aber zum neuen Jahr und der Idee, Martinis zu trinken, passte das Dominion Centre besser. Es besteht aus sechs über 200 Meter hohen Hochhäusern mit braunbedampften Glasfassaden, die von Mies van der Rohe entworfen und ab 1967 gebaut wurden, 21 000 Menschen arbeiten in dem Komplex. Im Prinzip sind alle sechs Türme Nachbauten des 1958 eingeweihten Seagram Buildings; New York hat das Original, aber Toronto sechs Kopien. Schaut man aus einem raus, sieht man sich selbst noch fünfmal: Man arbeitet in einer Doppelgängerwelt, in der die reine Geometrie herrscht, tausende von gleichförmigen Fenstern. Keines der Fenster lässt sich öffnen. 1993 starb der Anwalt Garry Hoy, als er Besuchern im 24. Stock demonstrieren wollte, wie unzerstörbar die Glasscheiben des Gebäudekomplexes sind, und sich mit voller Wucht dagegen warf. Am Fuß eines Turms steht, wie eine Warnung, ein Satz von Winston Churchill – *We shape our buildings, thereafter they shape us.*

Draußen das gelbe Licht, der Schnee. Irgendwo im Dunkel »The Communist's Daughter«. Die Lieder.

Unten auf den Rasenflächen zwischen den Türmen hat jemand kupferfarbene Nachbildungen von liegenden Kühen aufgestellt, als Erinnerung an das Farmland, das hier noch im 19. Jahrhundert bis ans Wasser reichte.

Von oben, aus der Bar im obersten Stockwerk eines der Türme, konnte man im Schneetreiben den vereisten See erkennen und die lautlosen Lichterbänder der Autos. Ein Freund von L. kam dazu, Jason Logan, ein Illustrator, der die Toronto Ink Company gegründet hatte, die aus allen Materialien, die er findet, Tinte herstellt. Als wir die Bar gegen Mitternacht verließen, sahen wir, dass gegenüber in der Chefetage einer Firma die Türen (schweres Tropenholz, Messinggriffe aus den sechziger Jahren) offen standen (die Putzkolonne war gerade im anderen Teil der Etage zugange). Wir betraten ein Büro, in dem eine gepflegte Mies-van-der-Rohe-Sitzgarnitur unter einem Gemälde des kanadischen Action Painters Jean-Paul Riopelle stand, der eine Art kanadischer Pollock und der Lebenspartner der Malerin Joan Mitchell war.

Die Wandvertäfelung war aus Mahagoniholz, der Schreibtisch aus Eiche. Ein anderes Gemälde des Malers Jean Paul Lemieux zeigt einen Mann von hinten, der auf eine leere Schneefläche schaut, über der ein weißer Mond steht. Dem Nutzer des Büros musste es gefallen haben, auf dem Bild das zu sehen, was ihm ähnelte, wenn er am Fenster stand: ein Mann, allein, mit Blick auf eine endlos weiße Leere. Ein leeres Goldfischglas stand auf dem Schreibtisch. Seit 1967 schien sich hier nichts verändert zu haben, außer dass irgendwann ein Telefon mit Tasten eingeführt worden war.

Leanne zeigte uns, wie man richtig rückwärts schwimmt (sie lag auf dem leeren, etwa zehn Meter langen Konferenztisch und simulierte, dass sie gerade im Wasser ist, wirklich eine Leistung, nach der Vorführung am anderen Ende des Tisches angekommen zu sein). Würde man verhaftet werden, wenn man nach Mitternacht in einer Chefetage, in der die wichtigsten, millionenteuren Gemälde der kanadischen Moderne hängen, Schwimmübungen macht, während draußen die neujährlich leere Stadt im Schnee versank? Es kam niemand, die Geräusche der Putztruppe wurden leiser, irgendwann, als wir gerade am Fenster standen und die im Schnee versinkende Welt unten betrachteten, steckte jemand kurz den Kopf durch die Tür der Chefetage, aber offenbar sahen wir seriös genug aus, um den Eindruck zu erwecken, dies sei unser Büro und wir planten Entscheidendes für das kommende Jahr.

Draußen war so viel Schnee gefallen, dass die Autos lautlos und vorsichtig, wie balancierend, durch die weißen Straßen glitten. Im Radio lief die kanadische Indie-Band The New Pornographers. Die Temperatur lag bei minus zwei Grad. Wir fuhren ein paar Blocks bis zu der Stecke, auf der Ballard in »Crash« von seinen Zusammenstößen träumt; unter dem aufgeständerten Freeway war es still. Als sie »Crash« drehten, waren die fünf Kilometer vom alten Zentrum entfernt liegenden Portlands eine Brache, eine Leerstelle in der Stadt. Früher war hier, an der Mündung des Don River, grünes Marschland, das in Sandbänke überging. Ende des 19. Jahrhunderts wurden hier immer mehr Industrieabfälle und täglich Millionen Liter Gülle aus den Massentierhaltungen verklappt. Als die Gefahr eines Choleraausbruchs wuchs, installierte man Filteranlagen, aber die Portlands blieben eine schmutzige Gegend mit Öl- und Salzlagern. Erst nach der Jahrtausendwende wurde die *Toronto Waterfront Revitalization Corporation* gegründet; eine Milliarde Dollar in die Wiederbelebung der Portlands investiert. Dann kam die Firma Sidewalk Labs und versprach, am Ufer eine Smart City zu bauen. Wo die kalte Betonmoderne von »Crash«, die Welt der einsamen Autofahrer, in einen trostlosen Hafen überging, sollte eine grüne Stadt entstehen – ohne Autos.

Sidewalk Labs ist nicht irgendein Unternehmen, sondern im Google-Mutterkonzern Alphabet für den Städtebau zuständig. Seit Jahren schon wollte der Konzern eine Idealstadt des digitalen Zeitalters bauen, in der alle Häuser, Geräte und Fahrzeuge miteinander vernetzt wären. Die Daten über das Verhalten ihrer Bewohner sollten, so das Versprechen, die Stadt sicherer, ökologischer und komfortabler machen. Selbstfahrende Autos, die miteinander kommunizieren, würden die Bewohner zu ihren Häusern bringen, es würde keine Unfälle mehr geben und auch keine Überfälle, weil jeder Bürger getrackt und durch Kameras verfolgt werden kann. Die Zahlen klangen für Bürgermeister und Stadtplaner attraktiv: Die vernetzten Personen- und Datenerfassungssysteme einer Smart City würden Einbrüche so gut wie unmöglich machen, die Ausbreitung von Krankheiten verringern und pro Person 80 Liter Wasser am Tag einsparen.

Lange glaubte man, Sidewalk Labs werde diese Stadt in einer wüstenartigen Einöde in Nevada errichten. Doch dann kam die Überraschung: Die Zukunftsstadt, verkündete Alphabet, werde mitten in eine bestehende Stadt hineingebaut; Toronto stelle das alte, citynahe Industrieareal der Quayside in bester Lage am Lake Ontario zur Verfügung. Insgesamt 1,3 Milliarden Dollar wollte Alphabet in den Bau von besonders nachhaltigen Holzhochhäusern nach Entwürfen von Thomas Heatherwick investieren sowie in Plätze, einen Sporthafen, ein unterirdisches Müllentsorgungssystem, beheizte, deshalb immer schneefreie Bürgersteige und öffentliches WLAN. Für das Projekt wurden von Alphabet etliche Start-ups gegründet: für intelligenten Holzbau (die Animationen für Quayside zeigen fröhliche Fußgänger in Holzhochhäusern, die ein wenig an von Piranesi überarbeitete Ikearegale erinnern), für smarte Krankenversicherungen, deren Tarife sich nach den Daten der Nutzer richten würden – und für die Entwicklung von Sensoren und Kameras, die all die Daten der Bürger erheben würden. An dieser Stelle begannen die Probleme. Die Torontonians ahnten, dass Alphabet nicht so viel Geld investieren würde, wenn sich der Aufwand nicht für die Firma lohnte. Sie ahnten, dass sie mit ihren Daten bezahlen müssten. Die sollten laut Sidewalk Labs gesammelt werden, um die Abläufe und das Leben in einer Stadt besser zu verstehen und es »perfektionieren« zu können. Schnell wurde klar, dass hier ein Experiment gestartet wurde, bei dem es nicht nur darum ging, weniger Ressourcen zu verbrauchen und Arbeiten und Wohnen neu zusammenzubringen.

Sidewalk-Labs-Chef Dan Doctoroff, Sohn eines ehemaligen FBI-Agenten, setzte auf das Internet der Dinge, das das Verhalten von Menschen ausspäht und ihr Handeln vorausberechenbarer macht – und darauf, viele Funktionen der Stadt zu privatisieren: Alphabet wollte über Unterfirmen auch die Krankenversicherung und die Versorgung, Essenslieferdienste, Schulen und Unterricht, also das, wofür früher der Staat zuständig war, privatisieren. Der Staat, so schien es in Toronto lange, würde diese Auflösung der »öffentlichen Hand« und der Stadt als öffentlichem Konstrukt noch mit Kräften fördern.

Damit war aber auch der vielleicht größte Bruch in der Geschichte der modernen Stadt eingeleitet: einerseits, weil es die historische Leistung von Städten war, sich aus dem Zugriff einer Machtperson, etwa des Lehensherrn oder Fürsten, zu befreien und ihren Einwohnern Freiheit zu garantieren. Zum anderen, weil es bisher zu den Freiheitsversprechen der Stadt zählte, anonym leben, verschwinden und sich neu erfinden zu können. Jetzt wurde die Stadt zu einem großen Roboter, in dem sich jedes Ding, jedes Auto, jedes Haus, jeder Sensor und jede Kamera über seine Bewohner austauschte; das Ideal dieser Stadt war der berechenbare Bürger.

»Unabhängig davon, was Google anbietet, kann sich der Wert für Toronto unmöglich dem Wert annähern, den die Stadt aufgibt«, schrieb der renommierte Risikokapitalgeber Roger McNamee in einem öffentlichen Brief; Sidewalk Labs' sei »eine dystopische Vision, die in einer demokratischen Gesellschaft keinen Platz hat«. Jim Balsillie, Mitbegründer des Blackberry-Herstellers Research in Motion, nannte das Projekt »ein kolonialistisches Überwachungskapitalismus-Experiment, das versucht, wichtige städtische, bürgerliche und politische Freiheiten mit dem Bulldozer kleinzumachen«.

Und wie sollte man die alte und die neue Stadt vernähen? Wie wollte man verhindern, dass die alte Stadt mit ihrem Chaos in die neue Welt eindringen würde, dass die Skateboarder aus den nahen Hochhäusern kämen und die selbstfahrenden Autos von Sidewalk Labs' Quayside außer Gefecht setzen würden? Schnell wurde klar, dass Alphabet die Systemkollision nicht scheute. Der Plan sah vor, mit der smarten Müllentsorgung, der autonomen Anlieferung von Produkten, den neuen Verkehrsmitteln schrittweise, Straße für Straße, die Smart City in die alte Stadt auszudehnen. Statt der Bebauung von bloß vier Hektar mit Experimentalhäusern, wie es ursprünglich vereinbart war, hatte Sidewalk Labs auf dem Höhepunkt der Kooperation Toronto das Versprechen abgenommen, 76 Hektar als Smart City gestalten zu dürfen – und eventuell auch noch die ganzen Portlands dazu. Auf den Werbeprospekten für das neue Stadtviertel am See sah man Paare auf den Balkonen der neuen Holzhochhäuser am See stehen. Sie betrachten eine Skulptur. Andere Paare fahren unten am See Fahrrad oder schauen gemeinsam auf ein Smartphone. Offenbar sind Fahrrad fahren, Smartphone oder Kunst anschauen die einzigen noch denkbaren Beschäftigungen in der neuen Welt.

Es gibt keinen Beton und keine Autos mehr, nur Holzbauten und dazwischen ein paar selbstfahrende Kapseln, die niemand crashen kann, weil sie sich gegenseitig erkennen (solange sie nicht gehackt werden). Quayside war das andere Ende der Moderne: die Welt, in der es keine Unfälle mehr geben konnte, weil die Maschinen es den Menschen unmöglich machen würden, Fehler zu machen oder Verkehrsregeln zu übertreten. Google wollte eine grüne Stadt aus Holz bauen:

Timber Capitalism. Sidewalk Labs' Idealstadt sollte der Beginn einer neuen Zeit sein, in der Sensoren die Menschen analysieren und steuern: Die Firma Affectiva, spezialisiert auf »Emotion recognition«, hat 34 Millionen Dollar Venture Capital eingesammelt, um Daten zu sammeln, die helfen sollen, die Gefühlslage eines Menschen zu erkennen. Über Webcams würden Lächeln, Grinsen, Angst, Begeisterung aufgezeichnet und mit möglichen Gründen abgeglichen. Wer lacht im Kino wann und warum? Wo entsteht Begierde, wo Ekel? Wie unterscheiden sich dabei Männer und Frauen? Schon jetzt berät Affectiva Politiker und Konzerne wie Coca-Cola, um ihre Strategien zur Manipulation von Wählern und Konsumenten zu verbessern. Die Webcams, so Affectiva, konnten sogar die Herzfrequenz der Zielperson messen, ohne dass diese ein Device trug – einfach über die Verfolgung minimaler Hautfarbenveränderungen im Gesicht, zu denen es jedes Mal kommt, wenn das Herz schlägt.

In Toronto wollten die Bürger am Ende doch nicht ihre beste Lage einer privaten Firma für deren Idealstadt überlassen. Die Töchter des Kommunismus haben Quayside verhindert, Google zog, mit Verweis auf die Pandemie, beleidigt ab. »Da weltweit und auf dem Immobilienmarkt in Toronto beispiellose wirtschaftliche Unsicherheiten aufgetreten sind, ist es zu schwierig geworden, das Projekt finanziell tragfähig zu machen«, schrieb Doctoroff 2020. Für das Quayside Project von Toronto hatte er ein einmalig düsteres Motto als *mission statement* gewählt: »Together we rise and fall«.

Jetzt findet sich dort, wo einst die Intensitätssucher von »Crash« sich überschlugen und heute selbstfahrende automatisierte Kapseln durch eine als grüne Ökostadt getarnte Datenabsauganlage fahren sollten, die Leere eines vereisten Ufers, der schwarze See, ein grauer Himmel und die unscharfe Grenze zwischen beiden. Die Portlands sind immer noch ein Ödland, an dem ein monströses Betongebäude vorbeiläuft, aber jetzt sieht es wieder wie ein Versprechen aus, wie ein gefährlicher, hässlicher, aber offener Raum.

L. musste zum Flughafen. Sie stand mit ihren Koffern und ihrer Tochter am Eingang des Billy Bishop City Airport, für einen kurzen Moment waren die beiden noch zu erkennen, dann wurden sie von einer verspiegelten Automatiktür verschluckt. L. hatte bei der letzten Fahrt durch die Unterführungen des Don Valley Parkway ein paar Aquarelle gemalt und dann das Farbwasser aus dem Seitenfenster geschüttelt, wo es einen braungrauen Streifen hinterließ, in dem sich jetzt kleine Eiskristalle bildeten, ein letztes, unbewusstes Aquarell, das das Tempo und die Bewegung der Fahrt festhielt.

***

Könnte man heute noch das tun, was die Fahrer mit ihren Autos in »Crash« tun? Heutige Autos haben Unfallvermeidungsassistenten, die den Wagen vor einem Hindernis abbremsen, wenn es der Mensch nicht tut. Sie richten mehr Kameras ins Innere des Autos als nach außen, um den Zustand des Fahrers zu analysieren. Das Auto dreht einen Film von deinen Augen, den deine Augen nie sehen werden. Der Betrachter dieses Films ist ein Algorithmus.

Oder aber auch ein Mitarbeiter des Autoherstellers, der Zugang zu den Aufnahmen hat, die das Auto macht. Vor kurzem kam heraus, dass Mitarbeiter von Tesla sich Filme weitergeschickt hatten, die der Tesla von seinen Besitzern in peinlichen Situationen gemacht hatte. Kaum ein Kunde weiß, dass Teslas auch im Stand ihre Umgebung filmen. Die Zelle, die Schutz versprach, ist zu einem Überwachungsgerät geworden: Die Autos filmten Kinder, Ehestreits in der Garage, Menschen beim Sex, einen Mann, der nackt zum Auto läuft, um etwas aus dem Kofferraum zu holen, weil er sich auf seinem Grundstück unbeobachtet glaubt. Aber die Autos sehen alles, verwandeln das Leben in einen Film.

***

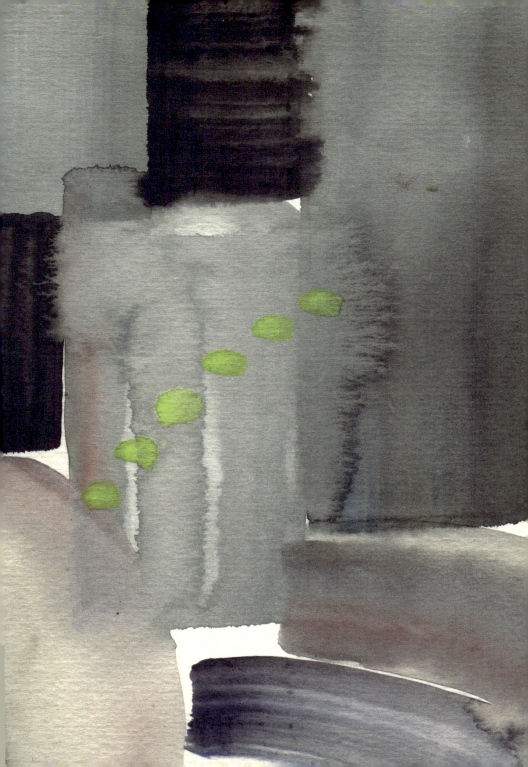

Die Paare in den alten Filmen schauten aus ihrem Auto gemeinsam in die Welt – und die Kinozuschauer sahen ihnen zu, wie sie aktiv durch die Welt steuerten. Mit dem sogenannten »selbstfahrenden Auto« – ein Pleonasmus, denn *auto* heißt ja selbst – erreicht die über 140-jährige Geschichte des Autos ein vorläufiges Ende. Man schaut nicht mehr hinaus, jedenfalls nicht, um zu steuern. Im selbstfahrenden Auto wird die Windschutzscheibe zum Screen, auf den per Knopfdruck auch Filme projiziert werden können: Das Auto selbst verwandelt sich in ein Kino, die Menschen darin zu Zuschauern. Der Blick nach draußen wird durch einen Blick in die Welt der Fiktion ersetzt; am Ende ihrer Tage werden Kino und Auto eins.

BILDNACHWEIS

© Collage Laetitia Maak: S. 222
© Funkystock/agephotostock: S. 179 oben
Photo 12/Alamy Stock Photo/mauritius images: S. 178
PRISMA ARCHIVO/Alamy Stock Photo/mauritius images: S. 137

AUTOR UND ILLUSTRATORIN

NIKLAS MAAK, geboren 1972 in Hamburg, ist Redakteur im Feuilleton der *F.A.Z.* und lehrt Architekturtheorie in Frankfurt und Harvard. Er lebt in Berlin. Für seine Arbeit erhielt er viele Preise, darunter den Johann-Heinrich-Merck-Preis für literarische Kritik und Essay 2022. Bei Hanser erschienen zuletzt: *Durch Manhattan* (2017, mit Leanne Shapton) und *Technophoria* (Roman, 2020).

LEANNE SHAPTON, 1973 in Toronto geboren, ist Künstlerin und Autorin. Sie arbeitet als Redakteurin bei der *New York Review of Books* und ist Mitbegründerin des auf Kunst und Literatur spezialisierten Verlags J&L Books. 2012 erhielt sie für *Swimming Studies* den National Book Critics Circle Award. Sie lebt in New York.